漢語語法趣說

邵敬敏　著

U0108720

商務印書館

漢語語法趣説

作　　者：邵敬敏

責任編輯：趙　梅

封面設計：張　毅

出　　版：商務印書館 (香港) 有限公司
　　　　　香港筲箕灣耀興道 3 號東滙廣場 8 樓
　　　　　http://www.commercialpress.com.hk

發　　行：香港聯合書刊物流有限公司
　　　　　香港新界大埔汀麗路 36 號中華商務印刷大廈 3 字樓

印　　刷：中華商務彩色印刷有限公司
　　　　　香港新界大埔汀麗路 36 號中華商務印刷大廈 14 字樓

版　　次：2012 年 8 月第 1 版第 1 次印刷
　　　　　©2012 商務印書館 (香港) 有限公司
　　　　　ISBN 978 962 07 1984 4
　　　　　Printed in Hong Kong

目　錄

總　序

追求的目標 —— 有趣、有用

漢語語言學，對大多數人來說，是既可敬又可畏，有點兒像一本正經板着臉動不動就訓斥指責學生的冬烘老先生。這個形象由來已久，簡直是"刻骨銘心"。我們希望徹底改變這個不良形象，對"漢語語言學"進行重新包裝，不僅是為了符合潮流，適應時代的需求，也是真心誠意地希望助大家一臂之力，讓它成為知心朋友、得力助手、貼心秘書。

前些年，在中小學界出現"淡化語法"的錯誤提法。甚麼叫做"淡化語法"？其實就是取消語法。淡化語法的後果，不僅淡化了語法本身，而且是淡化了整個漢語教學。為甚麼偏偏要拿語法開刀？為甚麼一刀砍下去，語法乃至於整個漢語教學就沒了？為甚麼漢語教學就那麼弱不禁風，那麼不受歡迎？當前的漢語研究，包括語法研究是不是沒有充分考慮到學生的實際需要？沒有照顧到語文教學的特殊規律？有關研究和教學是不是真的需要脫胎換骨、更弦改張？

我在大學教授現代漢語幾十年，一方面感覺學生語言理解、語言分析和語言運用的能力遠不能盡如人意；另一方面也感覺當前語言教育，包括語法教育，又總是講些枯燥深奧的理論，使人感到可敬而不可親，可畏而又不可得。如何使學生，尤其廣大具有中等文化程度的普通民眾(包括大中學生)對母語 —— 現代漢語真正發生興趣、感到有用，一直是縈繞在我心頭的一件大事。

語言的大千世界充滿活力，豐富多彩、變化無窮、趣味盎然。如何去發現它、分析它、理解它。為此，我們策劃編撰這套《漢語趣說叢書》，包括《漢語語法趣說》(暨南大學邵敬敏)、《漢語詞彙趣說》(澳門理工學院周薦)、《漢語語音趣說》(華東師範大學毛世楨)、《漢字趣說》(語言文字應用研究所費錦昌、華東師範大學徐莉莉)、《漢語語用趣說》(華東師範大學徐默凡、復旦大學劉大為)。這幾位撰寫者在各自研究領域都是卓有成就的專家。

本套叢書的目的是要讓漢語知識、運用漢語的規律，以及學習漢語的方法，成為大眾熟悉的、喜歡的東西。所以，我們在"有趣"與"有用"這兩方面就格外地下功夫。

第一，一切從具體的語言事實出發，而不是限於抽象的概念。因此，幾乎每個章節都努力挖掘出一些生動形象的語言趣事，從令人深思的歧義結構或與漢語密切相關的文學典故入手，引導出某些漢語運用的規律，以充分體現它的"趣味性"。

第二，運用"比喻"、"比擬"等表達手段，盡力把一些難以理解的重要概念、主要特點、基本規律等說得清楚、準確、生動，盡可能地"深入淺出"。在語言風格上，也力求樸實、簡潔、清新、流暢，以體現它的"可讀性"。

第三，強調"新陳代謝"、"推陳出新"，盡可能地把新時期以來有關現代漢語研究的最新成果吸收進來，特別是語義分析、功能應用、認知解釋等比較成熟的新見解，還要適當關注語言的動態變化。並且淘汰了一些相對陳舊的觀點和說法，以充分凸顯它的"時代性"。

第四，特別注重語言分析的方法，主要是通過"比較"的方法，顯示各種語言現象的異同。"授之以魚，不如授之以漁"，知識是必要的前提，而方法則是學習的關鍵，掌握了它，就可以舉一反三，觸類旁通。我們特別強調方法論，以強調貫穿全書的"應用性"。

本書定位為"普及性""應用型"讀物，所依據的基本理論、方法和觀點，都是屬於當前中國漢語學界的主流思想。本書所提到的觀點、規律以及所列舉的語言事實，除了作者自己的研究心得、長期積累之外，也參考了不少前輩學者和同仁的成果，不能一一註明，在此一併感謝。

邵敬敏

第1章 | 導論
語言是個變化無窮的魔方

一、芝麻，開門吧！

—— 語言的威力

在阿拉伯神話故事《天方夜譚》裏，一次，阿里巴巴遇到四十個強盜把搶到的財富都秘密地藏在一個山洞裏，而要打開這個山洞的門，用的不是鑰匙，而是一句秘密的咒語。阿里巴巴正巧聽到了這句咒語，等強盜離開以後，他就如法炮製，大聲地説道："芝麻，開門吧！"果然，山洞沉重的大門打開了，裏面堆滿了奇珍異寶……

看，語言的威力有多大！一句話就把山洞的大門叫開了。這正反映了古人對語言的"崇拜"心理。其實，不僅阿拉伯人如此，中國人也是這樣。在中國著名的古典小説《西遊記》第三十四回裏，講到一個老魔頭有一件葫蘆法寶，他只要叫一聲你的名字，如果你答應了，這件法寶就會馬上把你吸進葫蘆裏去。

人類的任何活動，大至政治、軍事、經濟、文化、教育、體育，小到吃、喝、住、行等等，哪一件事情能夠脱離語言的配合呢？我們不得不承認：離開了語言，人類社會就會崩潰。

　　這麼説，人們應該非常重視語言以及語言學習，但事實上卻並非如此。也許因為語言太普通，太司空見慣，人們並不珍惜它，並不疼愛它。這正如糧食、水和鹽一樣，它們是那麼的普普通通，卻又是維繫人的生命活動不可缺少的最基本的東西。

　　人人都擁有語言，但並不是每個人的語言運用都是那麼得心應手的，有的甚至還常常出這樣或那樣的毛病。你會説漢語，不等於你就一定説得好漢語；漢語是你的母語，但是你不一定就真正懂得漢語。讓我帶着你走進漢語語法的寶庫，看看我們的漢語語法到底有多精彩，多美妙，多神奇！

二、這個婆娘不是人
—— 語言的使用

　　中國古代有很多巧妙運用語言的傳説，據説，清朝時蘇州有個名士，叫祝枝山，一天，有家四世同堂的人家要為他們的老祖母做八十大壽，特地把祝枝山請來寫賀詞。這位祝先生起首第一句大大出人意料："這個婆娘不是人"。這不是在罵老壽星嗎？頓時，全家大吃一驚，橫眉怒對。祝先生不慌不忙補上第二句："九天仙女下凡塵"。一看這句下聯，大家馬上就轉怒為喜、眉開眼笑了。接着的第三句又讓這家上上下下大大小小全都目瞪口呆、義憤填膺："兒孫個個都是賊"。可是當他們看到最後一句詩"偷得蟠桃奉至親"時，個個又變得喜形於色，讚不絕口。從語言學角度看，之所以能夠造成這種先貶後褒、先抑後揚、先怒後喜的喜劇性特殊效果，顯然是由於第一句與第三句分別先說出表面上是"貶義"的結果，形成"誤導"，而在第二句和第四句才亮出實際上是"褒義"的潛在原因。這是兩個句序故意倒裝的因果複句。

還有一個很有趣的故事，說一個人偶然參加了一個"詩會"，那些人明明知道他不會寫詩，卻故意要出他的洋相，一定要逼他寫一句詩。那人沒法子，只好隨口說了一句："柳絮飛來片片紅"，頓時遭到眾人的嘲笑："柳絮"明明是白的，"片片紅"不是在閉着眼睛說瞎話嗎？旁邊有一人頗為同情那人，便說由他來接第二句："夕陽光照桃花塢"。這兩句一連，不但第一句的"片片紅"因為"夕陽光照"而得到了落實，而且還產生了無限的意境，大家不禁暗暗叫絕。其實，這裏用的手法也是因果複句的倒裝。

這兩個文學典故非常形象而生動地說明了語言運用的奇妙，它可以一會兒讓你怒不可遏，一會兒又使你春風滿面；一會兒哭，一會兒笑。一句說得不地道，兩個好朋友說不定會打上一架；而一句話說到點子上去了，又會使仇人握手言和，重歸於好。

我們的確應該重視語言以及語言的運用啊！

三、差一點兒沒結婚
—— 語言的奧妙

　　有一個人説："我差一點兒結婚了。"這句話的意思非常明白，就是沒結婚。但是如果他説："我差一點兒沒結婚。"這句話就費解了，因為可能有兩種不同的理解：一是結婚了，二是沒結婚。這是怎麼一回事呢？

　　再比方説香港足球隊與廣東足球隊對陣，香港隊隊員衝到廣東隊的球門前，廣東隊的後衛上來阻攔，香港隊隊員凌空就是一腳……這時，只聽到電視評論員在説："差一點兒沒踢進！"那麼請問，這個球到底踢進去了沒有？回答可能有兩種，關鍵是看説這句話的人是哪一方的球迷。如果是香港隊球迷，那麼，可以肯定球是已經踢進去了；如果是廣東隊球迷，那麼，這個球肯定沒有進去。

　　為甚麼同樣一句話，卻有兩種不同的理解呢？問題究竟出在甚麼地方呢？請比較下面兩組實例：

肯定式	事實	否定式	事實
A1. 他差一點兒降級了	沒降級	A2. 他差一點兒沒降級	沒降級
B1. 他差一點兒升級了	沒升級	B2. 他差一點兒沒升級	升級了
C1. 差一點受傷了	沒受傷	C2. 差一點沒受傷	沒受傷
D1. 差一點考上了	沒考上	D2. 差一點沒考上	考上了
E1. 他差一點兒打破了杯子	沒打破	E2. 他差一點兒打破了杯子	沒打破
F1. 他差一點兒打破了紀錄	沒打破	F2. 他差一點兒沒打破紀錄	打破了

　　六個例句的肯定式都表示否定意思，這沒有甚麼疑問。問題在於否定式的語義可能有不同的理解。A 例的"降級"、C 例的"受傷"

以及 E 例的"打破杯子"，都是人們所不企求的，而 B 例的"升級"、D 例的"考上"，以及 F 例的"打破紀錄"，都是人們所向往的、企求的。我們發現，凡是人們不希望的事情，用了"差一點兒沒"，表示的意思跟肯定式一樣，也是否定的；而凡是人們企望的事情，用了"差一點兒沒"，則表示的是已經實現了的。所以 A、C、E 的否定式語義也是否定的，B、D、F 的否定式卻是肯定的。

"我差一點兒沒結婚"，如果說話的人是父母包辦婚姻，他根本就不願意結婚的，說這句話的意思就是"沒結婚"；如果說話的人是自由戀愛，心甘情願結婚卻又碰上了某些挫折，那麼說這句話的意思就是"已經結婚了"。

漢語就是這麼有趣：有時，肯定式和否定式所表示的意思是相同的，有時，卻又相反；有時，相同的形式，卻又表示完全不同的意思。例如：

(1) 好漂亮 = 好不漂亮　　(都是"漂亮")
(2) 好熱鬧 = 好不熱鬧　　(都是"熱鬧")
(3) 好容易 = 好不容易　　(都是"不容易")
(4) 小心 = 小心別　　　　(都是"小心")
(5) 難免 = 難免不　　　　(都是"難免")

要把這裏面的道理都搞清楚，沒有相關的語言基礎知識，顯然是辦不到的。可見，除了語言本身之外，有時說話人的心理趨勢、語言環境、文化背景對語義的理解也是至關緊要的。如果我們稍微留心一下日常周圍的語言交際現象，你就會發現很多非常有趣並值得深思的語法規律和傾向。比如說：

(1) 我讓你哭！讓你哭！

(2) 看把你樂得！

例(1)明明是"讓你哭"，可是實際上卻是在警告，不許對方哭。例(2)表面上是個"把字句"，但是句子卻表示一種埋怨、不滿的口吻。這是為甚麼？

四、游泳中學習游泳

—— 語言的學習

"游泳中學習游泳"，這是一個平凡而樸實的真理。同樣，學習語言，包括學習語法，也只能在語言的使用中去學習，才真正有成效。背術語，背概念，背定義，那只是死讀書，顯然不是學習語言的好方法。

語言的學習，有多方面的含義：

第一，是注意自己平時的說話、寫文章。每一次這樣的機會都不要輕易地放過去。尤其要重視對自己所說話語的反思和文章的修改。對自己平時所說的話，如果能夠經常性地反思、檢查，包括鑒別、解碼、監控，往往就會發現一些問題，會對以後改進語言的使用起到積極的作用。從某種角度說，所有優秀的文章、作品都不是寫出來的，而是"改"出來的，尤其是著名作家。據說當年在重慶上演的郭沫若先生的劇本《屈原》，劇中的女主人公蟬娟怒斥宋玉的台詞：

　　"宋玉，我特別的恨你，你辜負了先生的教訓，你是沒有骨氣的文人！"

在演出中間，扮演蟬娟的著名女演員張瑞芳向郭先生提出了一個建議，說這段台詞最後一句好像不夠味兒，是否可以改為：

　　"你這沒有骨氣的文人！"

這一改，演出效果果然大為增強。原來的句子只是個一般的陳述句，既然已經作出了判斷，語義也就一覽無遺了；而改句變成了一個"同位短語"構成的句子，一切怒斥宋玉的話語都成了"潛台詞"，所以能給人無窮的回味。其實"你這×××！"本來就是老百姓罵人的口語格式，顯然這類口語格式更為老百姓喜聞樂見。例如：

　　你這混蛋！
　　你這兔崽子！
　　你這傢伙！
　　你這個糊塗蟲！
　　你這不要臉的東西！……

　　第二，向中國優秀的文學作品學習，尤其是那些經典詩詞、著名小說。它們都是經過幾百年歷史考驗留下來的精品，蘊含着極其豐富的內涵，非常值得挖掘。例如唐代著名詩人杜牧的七絕《清明》：

清明時節雨紛紛，路上行人欲斷魂。

借問酒家何處有？牧童遙指杏花村。（七絕）

這首詩意境非凡，第一句點明時間和雨景，第二句推出是地點和哀情。第三句以問句引出詩人及其意象，大有以酒澆愁的念頭，第四句則用牧童的指引開拓出一個新的意境，確有柳暗花明又一村之感。這首詩有人運用不同的標點、省略等手法，改成下面幾種詩詞形式，各有妙處，情趣盎然：

清明時節雨，紛紛路上行人。欲斷魂。借問酒家何處，有牧童遙指杏花村。（詞）

清明時節雨，行人欲斷魂。酒家何處有？遙指杏花村。（省略／隱含）

雨紛紛，欲斷魂。酒家有？杏花村。（景、情、問、答）

第三，是不斷地向生活學習，學習那些富有生命力的、生動活潑的語言，同時也發現那些不規範、不適當的語言表達，從正反兩方面進行。在一次某大學中文系的迎春茶話會上，同時也歡送幾位老教師退休，兩個大學生應邀來表演，其中一個上來先說了幾句開場白：

"這次，我們系有幾位老教師要退休了，我們感到十分高興……"

話一出口，馬上引起了哄堂大笑，那學生一愣，下意識地覺得說"十分高興"可能有點兒不對勁兒，馬上改口說：

"不，我們對此表示非常遺憾！"

這一改正更是使大家笑得人仰馬翻。顯然，在這樣的場合，退休教師是依依不捨，說"高興"似乎是"幸災樂禍"，是不妥當的；而改說"遺憾"，似乎又是對國家的退休政策不滿，也是不合適的。比較恰當的說法應該是：

"對退休的老教師，我們全體同學表示衷心的感謝，向他們表示崇高的敬意。"

語言學習的途徑，是多角度的，涉及到語音、語義、語法以及語用等等。語言學習的要求，也是多層次的，包括基礎知識、分析手段以及理論方法等等。此外，還有語言學習的對象，也是多方面的，包括程度不同的學生，乃至於外國的朋友。

注意到這些區別以及聯繫，我們的學習才有可能一步一個腳印地前進。其核心的一點，就是要做個"有心人"，時時、處處注意語言特點以及語言的使用。

第2章

方法論：
授之以魚，不如授之以漁

一、"西泠橋"與"西泠橋"
—— 語感的類型

西湖白堤上有座著名的橋，叫做"西泠橋"，西泠橋旁還有個"西泠印社"。可是常常有人讀作"西泠橋"。一個"泠"(ling)，字義是涼快，一個"冷"(leng)，字義是寒冷。字音不同，字義也相異。問題就出在字形上，一個兩點水，從冰旁，一個三點水，從水旁，極易混淆。這就考驗我們的"語感"好不好了。

語感，簡單地說，就是對語言的感覺。這就像打球要有球感、游泳要有水感、聽音樂要有樂感、喝茶要有茶感、抽煙要有煙感、吃菜要有菜感、吃飯要有飯感一樣。我們天天吃飯、喝茶，那種感覺應該是很出色的。語言也是這個道理，一句話，你一聽，語感好的，就馬上會發現問題。但是我們幾乎天天說話，語感卻不一定非常出色。那麼問題出在哪裏呢？語感，可以分為語音感、漢字感、辭彙感、語法感等等。比如：

(1) 金星，精心，電視機的一顆明星。

(2) 羴鱻犇餐廳

(3) 你的兒子在我們這裏遇難，他的遺物已經找到。

(4) 他不會説話。

例(1)是句廣告語，"星"應該是 xing，"心"應該是 xin，嚴格地説，這兩字是不能押韻的，可見這顯然是上海人的創作，因為上海話的高元音的前後鼻音不分的。

例(2)餐廳居然以"羴鱻犇"命名，也夠另類的，特別吸引人的眼球。其實"羴"就是"膻"，指的是羊的膻味；"鱻"就是"鮮"的古字，至於"犇"，就是"奔"的異體字。這樣的餐廳名，顯然是在玩弄字眼。

例(3)是一個派出所給某人家裏的電報：為了節省字數，"遇到困難"簡省為"遇難"，"遺失之物"也縮略為"遺物"。可是這顯然犯了大錯，因為"遇難"專指"遇到意外而死亡"，而"遺物"正是"死者遺留的物品"。漢語的詞語可不敢隨意省略啊！

現在把"王校長、陳院長、張處長、李科長"簡省叫做"王校、陳院、張處、李科"，是種時尚。可是我們千萬不能把"湯院長、牛排長"簡稱為"湯院(圓)、牛排"！

例(4)實際上有兩種含義：第一，沒有能力説話，因為是嬰兒或者啞巴；第二，是不善於説話。關鍵就在於"會"，或者是動詞，或者是助動詞。

這四個實例正好分別測試了語音、漢字、辭彙以及語法方面的語感。

二、"考研究生"到底誰去考？
—— 語感的培養

"考研究生"，可能有兩個意思：一是我為了成為研究生而去考試；二是我作為導師去考研究生。能不能區分開這兩種含義，關鍵就看你對語言的敏感度。這就要求我們對語言的使用進行識別、解碼以及監控。

首先是"識別"，就是指對語言，一個音節、一個詞語、一個句子，或者一段話語，運用已有的知識進行識別，分辨出哪些是對的，哪些是不對的，哪些有用，哪些沒用。它包括對語音、語義、語法以及語用等各方面的語感。

(一)語音感

1、同音：

"這門課要舉行 qi zhong 考試。"

到底是"期中"還是"期終"？就可能發生誤解。所以，現在已經啟用"期末考試"來替代"期終考試"了！

2、聲調：

"他背着妻子去醫院。"

這個"背"如果讀成第一聲，是指"用脊背馱"，可能是妻子病重，這是個好丈夫；可是如果讀成第四聲，變成"瞞着"妻子去醫院。

3、停頓：

"男人沒有了女人就活不了了。"

如果是男人，他就這樣停頓：

"男人沒有了，女人就活不了了。"

可是如果是女人，就可能這樣停頓：

"男人沒有了女人，就活不了了。"

4、重音：

"怎麼去上海？"

如果重音在"怎麼"上，問的是方式，回答可以説：坐飛機去上海。如果重音在"去上海"上，那就變成了問原因，也可以理解為是一個反問，意思是：不應該去上海。

(二)語義感：

當我們説"我去上課了。"別人就會問：是去講課還是聽課？這裏涉及"我"到底是動作"上課"的發出者還是接受者。同樣道理："理髮"、"修鞋"也可能產生歧解。這裏的關鍵就是名詞跟動詞的語義關係。

再比如否定副詞"別"後面如果跟的是形容詞，往往只能是貶義的，例如：

別小氣！別刻薄！別虛偽！別馬虎！別奸詐！別偷懶！

一般不可以出現相對應的反義的褒義形容詞，比如：

別大方！別忠厚！別真誠！別認真！別老實！別勤勞！

道理很簡單，這些褒義的內容都是我們提倡的，怎麼可能叫人"別"呢？但是，這些褒義形容詞如果加上"太"，或者"這麼/那麼"之後，就可以用"別"來表示否定性的意願了。因為加上"太/那麼"，就是過分了，顯然過分也是不提倡的。例如：

別太大方！別太忠厚！別太真誠！別太認真！別太老實！別太勤勞！

別那麼大方！別那麼忠厚！別那麼真誠！別那麼認真！別那麼老實！別那麼勤勞！

(三)語法感：

動詞、形容詞通常可以後面帶上"了"，表示變化和新情況出現，而名詞一般都不行，如不能說"書本了、上海了、房子了……"。但是，有一些名詞卻可以。試比較：

中學生/中學生了　大姑娘/大姑娘了
總經理/總經理了　十八歲/十八歲了

我們發現，這些名詞往往處於某個序列之中，中學生處於小學生和大學生之間，大姑娘處於小姑娘和老姑娘之間，總經理是從副總經理升上來的，十八歲是從十七歲變來的，等等，這樣一類含有變化語義特徵的名詞，可以在後面添加"了"，顯示其變化成功。可見，虛詞"了"在這裏有舉足輕重的地位。

(四)語用感：

報紙上，有這麼兩種説法：

A1 我對兒媳像閨女一樣。　——A2 我對兒媳像親媽一樣。
B1 兒媳對我像親媽一樣。　——B2 兒媳對我像閨女一樣。

A 與 B 的説法似乎相反，可是仔細一想，卻似乎都對。怎麼一回事呢？原來該句子完整的格式應該是：

C1 我對兒媳像〔親媽(對)閨女〕一樣。——C2 兒媳對我像〔閨女(對)親媽〕一樣。

只不過在語言交際時，各自省略的成分不同。C1 如果省略了"親媽對"，就成了 A1，如果省略了"對閨女"，就成了 A2。C2 如果省略了"閨女對"，就成了 B1，如果省略了"對親媽"，就成了 B2。

其次是"解碼"，就是指對語言，聽或者讀了以後，是不是明白其中的含義，能不能準確理解，既不多也不少。例如"別"後面跟的動詞，詞典通常認為表示"禁止"，其實不然，應該有有三種不同的情況：

1. 禁止：別動！繳槍不殺！
2. 勸阻：千萬別鬧了！
3. 祈求：別再下雨了！

從社會地位來分析：禁止，屬於上對下；勸阻，屬於平等；企求，則是下對上。本質上都是表示一種"否定性阻攔"。我們還發現有一個比較特殊的情況：

> 別死了、別地震了、別生病了、別不在那裏⋯⋯

這裏顯然不是否定性阻攔，而是表示一種否定性的估測。這種估測的結果是說話人不願意不希望發生的。

　　第三是"監控"，就是對話語，特別是自己說的話語，能夠自我監察，發現問題並且及時改正。據說有一位大陸的黨委書記去台灣講學，開口第一句話習慣性的就是："同志們！"下面的人一愣，因為廳裏幾乎都是國民黨的啊！那位黨委書記也很機靈，馬上覺察出自己不是在國內講話，而是在台灣，他微微一笑，接着說："孫中山先生說：革命尚未成功，同志仍需努力！"結果下面掌聲雷動，他的機智幫了他的大忙。

　　總之，語感從來源上講，可以分為兩部分：一部分是天生的，另外一部分則是後天培養的。有的人語感特別好，我們說他有"天賦"，這個天賦就是天生的，別人再努力都學不來的。而有的人生來就五音不全，他的樂感肯定不好。有的人講話老是一口方音，怎麼改也改不了，這就是語感不好。但是，更多的語感應該說是後天學習而來的，我們的重點就是要放在後天的培養上。

三、"很陽光"合不合法？
—— 規範觀與動態觀

20 世紀 50 年代曾經有人指出："打掃衛生"、"恢復疲勞"、"救火"、"養病"這樣的説法都是病句，漢語裏不能這麼説的。80 年代初期，也有位老先生認為"超市"、"空姐"這樣的縮略詞語莫名其妙，應該"開除"。可是，事實上，這些説法現在不但生存下來，還比比皆是。為甚麼？因為語言是活的，是在不斷變化的。

中國經濟的高度發展、電腦和網路的普及、國際交往的繁榮、居民的大規模遷移，尤其是農民工進城等等，給漢語帶來的衝擊和影響也是史無前例、無與倫比的。在語言生活中就出現了許多新的現象。例如：程度副詞修飾名詞，以前基本上是不可以的，可是現在卻非常活躍：

> 很陽光、很女人、很生活、很技術、很傳統、很邏輯、很邪氣
> 很散文、很東方、很淑女、很青春、很大陸、很家庭、很散文
> 特知音、頗潮流、太喜劇、挺個性、最中國
> 很學生氣、非常智慧、比較現代、相當北京、非常廣東

通常程度副詞修飾表性質的形容詞、心理動詞以及部分動賓短語，一般不能修飾名詞。如果出現，通常看作修辭用法；如果借用頻率高了，就自成名詞和形容詞的兼類。歷史上也有過這樣的實例，不過並不多，比如：

> 這是一塊鐵 / 他們的關係很鐵。

前面的"鐵"是名詞，後面的"鐵"是形容詞。此外還有：

　　土、毒、木、油

然而，近年來這一用法卻日益流行起來，這正是漢語充滿活力的表現。例如：

　　(1)她身後站着一個看上去很紳士的男人。
　　(2)博士們的臉很博士：表情刻板、肌肉從容。
　　(3)那種語調太輕鬆、太喜劇了。
　　(4)兩廂、兩廂半車很潮流、實用。

　　漢語語法的動態變化還體現在很多方面。比如：

　　由於語言的發展變化，動賓短語有一些新的現象值得關注。(下面的分類舉例不僅僅是動賓短語)

A. 動賓式動詞再帶賓語：

　　動賓式動詞通常屬於不及物動詞，原則上不能再帶賓語的。近年來可以帶賓語的可能性越來越大，這樣的表達方式跟運用介詞引進賓語的方式相比，顯得更為簡便、清晰，又不會引起歧解。隨着這種新型組合方式出現頻率的增加，逐漸成為一種普通的能產性強的組合手段。例如：

移民澳洲	進軍奧運	登陸中國	落戶廣州	入股交行
臥底黑幫	走私毒品	消毒口腔	忘情香港	出境深圳
授意秘書	落戶深圳	把脈地鐵	造福人類	賣身敵人
解密檔案	致電美國	減產石油	投資房產	約會張玲
捐款慈善事業	存款中國銀行	撥款三農建設	匯款諮詢公司	

做客心理節目　提名專案經理　曝光柯達公司　揭秘汽車加價
進軍黃金市場　做客鳳凰衛視　貸款希望工程　把脈新區規劃

B.　性質形容詞直接帶賓語：

形容詞的使動、為動以及意動用法，古漢語裏就存在，現代漢語也有所保留，但是並不常見。目前這一用法有擴大化的趨勢，主要有兩種用法：

1、使動用法：

清潔香港、堅定信念、突出重點、活躍氣氛、純潔隊伍、明確職責、緩和矛盾、充實隊伍、辛苦父母、健全制度、壯大隊伍、豐富生活、密切關係、安定人心、充實基層、端正態度、純潔組織

2、對待用法：

孝順父母、便宜對方、稀罕那文物、可憐這孩子、不滿現實、淡泊名利、寬大戰俘、專心業務、適合這工作

C.　新興的程度副詞：

出現了一些新的程度副詞，在年輕人口中及網路用語中特別流行，除了其自身的語義基礎之外，在語用價值上，它們具有傳統程度副詞所無可比擬的獨特的語用功能。例如：

暴、狂、巨、超、奇、賊……

D.　名詞直接用作動詞或者名詞直接作為狀語去修飾動詞：

這類名詞主要是通訊工具的名稱，本身包含有動作的語義因

數，至於名詞作狀語也多為表示通訊聯繫方式的名詞，可看作狀中結構的發展。例如：

> 伊妹兒你、電話你、跟你 QQ，一起 MSN
> 電話聯繫、短信回覆、手機對話、博客交流

E.　名詞直接帶數量補語：

　　這類名詞往往是搜索工具的名稱，帶的是動量詞"一下"或者"一把"，其語義內涵實際上也具有動態屬性。例如：

> 搜狐一下、百度一下、QQ 一下、博客一下、格言一把
> 權威一把、雅痞一把、花癡一把、文學一把、網戀一把

F.　程度副詞修飾狀態形容詞：

　　最常見的是"太"和"很"，也包括"非常"、"比較"等程度副詞。例如：

> 太 / 很＋平平常常　輕輕鬆鬆　乾乾淨淨　實實在在
> 　　　　　平平淡淡　戰戰兢兢

> 非常 / 比較＋普普通通　正正經經　簡簡單單
> 　　　　　空空蕩蕩　含含糊糊　舒舒服服

G.　程度副詞跟絕對性質形容詞的結合，例如：

> 太真、太假、太方、太圓、太溫、太直
> 太扁、太錯、太橫、太正、太紫、太偏

H. 被動句式的新用法：

被小康、被自殺、被廣告、被就業、被自願、被增長
被失蹤、被退休、被下降、被強大、被艾滋、被潛規則

I. "V＋一把" 的泛化：

猜一把、押一把、唱一把、俗一把、樂一把、濕一把
懶一把、牛一把、兌一把、酸一把、熱一把、醉一把
忽悠一把、熱鬧一把、輕鬆一把、感動一把、腐敗一把、
感歎一把、憂傷一把、鬱悶一把、刺激一把、瀟灑一把
秀一把、酷一把、PK 一把、FB 一把

J. 名詞和名詞的新穎組合：

經典中國、魅力廣州、數字中國、人物中國、歷史中國、財
富中國
財經中國、婚姻中國、手機中國、圖片中國、博客中國、媒
體中國
青春中國、雅虎中國、時尚北京、美食廣州、動感亞洲、魅
力重慶

K. "A不AB" 格式的擴大化趨勢：

美不美麗？　慎不慎重？　輕不輕鬆？　莊不莊重？　嚴不
嚴肅？
理不理解？　打不打掃？　小不小便？　尷不尷尬？　O 不
OK ？

　　因此，要樹立語言的規範觀與動態觀，作為社會共同使用的交際工具語言的規範是必須的。你説的話，要想大家能夠聽得懂，就需要遵循一定的規則。而另外一方面，語言在使用中，在跟其他語言的接觸中，肯定會發生某些變化。而且人們往往喜歡打破語言的束縛，創出一些新的格式，新的組合。再加上世界在前進，會出現許多新的事物、新的觀念，新的思想，語言需要去表現它們，也就不能不改造自己。規範是相對的，變化是絕對的。規範需要區別對象、場合，而且本身也是要變動的；至於變化是否合理，則要看它能否促進語言的健康發展。

四、一把鑰匙開一把鎖
—— 方法論的重要性

　　有句老話説："熟讀唐詩三百首，不會寫詩也會吟"。這也就是説聽、説、讀、寫是學生提高語言能力最基本的辦法，但是，這還遠遠不夠。科學地培養語感，還需要重視其他方法。

　　語言的學習，在語文教學中是最接近自然科學的，這主要表現在方法論上，要講究一把鑰匙開一把鎖。知識的學習要重視方法，就語言學習來 ，應該掌握分析語言的方法，主要有比較、歸納和演繹，俗稱三大基本法。

　　1. "橫向比較"：指漢語普通話跟方言之間的共時比較。例如：

(1)	普通話	發問：	你吃飯了沒有？
		回答：	沒吃。/吃了。
	廣州話	發問：	你有冇食咗飯？
		回答：	有。/冇。
	上海話	發問：	儂有勿有吃過飯？
		回答：	沒吃過。/吃過勒。

粵語的廣州話和吳語的上海話都可以用"有冇/有勿有"帶上動詞性短語，比如"吃過飯"來發問，普通話則不行。不過，現在受到這兩大方言的影響，年輕人使用這樣發問方式也越來越多了。肯定性回答時，廣州話可以說"有"，普通話跟上海話則都不行，必須說"吃過了(勒)"。

2. 縱向比較：指現代漢語跟古代漢語的歷時比較。例如：

現代漢語是從古代漢語，經過近代漢語發展而來的。古漢語的一些詞語和句法現象，比如動詞"食"、"飲"、"走"、"行"，在現代漢語裏，演變成為"吃"、"喝"、"跑"、"走"。至於那些個古老的用法，現在只是保留在成語典故裏。例如：

自食其果、飽食終日　飲水思源、飲鴆止渴
走南闖北、走馬觀花　寸步難行、衣食住行

不過有趣的是這些詞語在部分方言裏還有保留，例如粵語：

食(吃)飯、飲(喝)茶、走(跑)鬼
行(走)街、睇(看)書、瞓(睡)覺

3. 外向比較：主要是漢語跟英語等相比較。例如：

英語名詞的複數標記 -S 跟漢語名詞表示複數的助詞 "們" 進行比較：

(1)漢語裏複數單數的對立不明顯："學生都來了 / 學生們都來了"，意思基本相同。

(2)漢語裏的 "們" 缺少強制性："工人和農民 / 工人和農民們 / 工人們和農民們"，三種用法都可以，意義也差不多。

(3)漢語用"們"不普遍，只限於人、擬人化的動物。不能說"桌子們"。

(4)單音節很少使用"們"，除了"人們 / 爺們 / 娘兒們 / 哥兒們"。

(5)短語可以加"們"：老師和同學們 / 工人和農民們。

(6)定數之後不能用"們"：* 三個學生們 / 兩位先生們。

4. 內向比較：普通話跟普通話的內部比較。例如：

"寫好"、"拿走" 應該是動補短語，它們可以擴展為 "寫得好 / 寫不好"、"拿得走 / 拿不走"，而 "吃得消 / 吃不消"、"來得及 / 來不及"，這些是不是動補短語呢？其實，它們僅僅是表面相似，本質是不同的。因為，如果去掉其中的 "得"、"不"，"吃消""來及"的組合式是不存在的，由此可以合理推論："吃得消、吃不消、來得及、來不及" 都只是單詞，而非短語。

其次是歸納法，比如，以前我們只知道名詞、動詞和形容詞三大詞類的對立，但是漢語中有一些所謂的形容詞卻不大像形容詞，又不像名詞，只是起到區別屬性的作用。例如：

金、銀、銅、鐵、錫、男、女、棉、夾、大型、慢性、彩色、袖珍

這就需要從大量語言事實中歸納，結果發現漢語中，除了形容詞之外還有一個新的詞類，就是區別詞。這是印歐語裏沒有的新詞類。

最後是演繹法，包括聯想和推演。演繹法的關鍵是需要在歸納法的基礎上進行必要的假設，並且予以論證。比如：

〔1〕　　A1 李先生的狗比張先生的狗多。
→　　A2 李先生的狗比張先生的多。
→　　A3 李先生的狗比張先生多。

由於被比較項和比較項前後出現，所以可以進行某些省略。A2 比起 A1，"張先生的狗"簡略為"張先生的"；A3 跟 A2 相比，進一步省略了"的"，句子 A2 和 A3 都成立，而且句義不變。

我們假設對〔2〕〔3〕也進行同樣的省略，結果發現，情況比較複雜：

〔2〕　　B1 李先生的狗比張先生的狗跑得快。
→　　B2 李先生的狗比張先生的跑得快。
→　　＊B3 李先生的狗比張先生跑得快。

〔3〕　　C1 李先生的狗比同學們的狗多。
→　　C2 李先生的狗比同學們的多。
→　　＊C3 李先生的狗比同學們多。

B2 成立，B3 表面上似乎也成立，但是句義變了，不是李先生的狗

跟張先生的狗比賽，而是李先生的狗跟張先生本人在比賽了。可見B3 是錯誤的。那麼是不是因為謂語 "跑得快" 不合適呢？我們再看〔3〕，謂語也是 "多"，跟〔1〕一樣，可是同樣 C3 也不成立，因為還是會誤解為李先生的狗跟同學們在比較多少。這就促使我們進一步思考這裏的原因，究竟在哪裏。

原來 A3 張先生是單數，"李先生的狗" 根本無法跟張先生比較，只能夠跟張先生的狗比多少。換言之 "張先生" 的語義無法指向謂語 "多"，可是 B3 "跑得快" 語義可以同時指向 "李先生的狗" 和 "張先生"，C3 的 "多" 語義也可以同時指向 "李先生的狗" 和 "同學們"。

我們的目標就是：掌握比較方法，培養良好語感，增強語言素質，提高分析能力。

第3章 漢語語法特點：
在比較中彰顯特色

一、一條隱蔽的地下暗河
—— 漢語語法總特點

　　據説，全世界大約有三千多種語言，而任何一座語言大廈都是由三大支柱撐起來的：語音、辭彙、語法。不論缺少其中哪一根支柱，這座語言大廈必將倒塌。可是，長期以來，有一種看法相當流行：似乎漢語是一種"與眾不同"的語言，它根本就沒有甚麼語法，完全依靠"意合"就可以任意把詞語組合在一起來表達思想。這不能不説是一種誤解。

　　漢語如果沒有了語法，只剩下一些詞語，即使它的數量浩如煙海，也只是一堆雜亂無章的沙石、水泥、磚頭、鋼筋……單靠辭彙是無法構築起"語言"這座摩天大樓的。例如"弟弟"、"學"、"漢語"這三個詞，根據不同順序的排列，可能有下面六種組合：

　　（1）弟弟學漢語。

＊（2）弟弟漢語學。

＊（3）學弟弟漢語。

* (4)學漢語弟弟。
* (5)漢語弟弟學。
* (6)漢語學弟弟。

其中，只有第(1)種是可以成立的，即合法的，這是普通的主謂句，其餘的句子都不能成立。第(2) — (5)句之所以不成立是因為漢語語法的規則不容許，第(6)句不成立則主要是因為語義難以理解，但説到底也是個語法問題："漢語"和"弟弟"屬於名詞內部不同的小類。當然，第(2) (5)句如果在句尾添加了虛詞"了"，就可以：

(7)弟弟漢語學了。
(8)漢語弟弟學了。

第(7) (8)是漢語所特有的主謂謂語句，而有無虛詞無疑也是個語法問題。這説明詞和詞組合在一起，有的可以成立，有的不能；有的可以理解，有的無法理解，這裏面説到底還是語法在起作用。

那麼，為甚麼沒人提出"英語、法語、俄語、德語到底有沒有語法"這樣的問題，而偏偏會有人對漢語語法的存在產生疑問呢？為甚麼長期以來，中國傳統語言學只講音韻、文字、訓詁，卻沒有專門的語法學呢？為甚麼很多人沒有學過甚麼漢語語法，可是話照樣説得很好，文章也寫得很流暢呢？

其實漢語語法並不是沒有，而是比較隱蔽。打個比方，印歐語的語法就像一條基本上在地面上流着的明河，可以一目了然，當然，它的河面也有寬有窄，河水有深有淺，也是相當複雜的，但是在表面上它是清清楚楚地表現出來的。漢語語法卻不同，它就像一條基本上在地底下流着的暗河，雖然有時候也會冒出幾個泉眼，有時候也會有一小段明河，但是，總的來講，它是相當隱蔽的。要認識它，就不能被它的表面現象所迷惑，必須借助於先進的方法和工具來進行探測。

但我們不能因為這條"河"大部分在地底下流着，就否認它的客觀存在。

漢語語法的總特點是跟英語、法語、俄語、德語等印歐語的語法相比較而言的，傳統的說法是："缺乏嚴格意義的形態變化"。甚麼叫做"缺乏"？《現代漢語詞典》(第五版)解釋："(所需要的、想要的或一般應有的事物)沒有或不夠。"用印歐語的眼光來觀察漢語，漢語的確缺乏形態變化，因為在他們看來，凡是語言就應該具備足夠的形態，而漢語沒有或者說很少這樣的形態。但是如果用樸素的眼光來看漢語，摒棄"凡是語言就必定會有形態變化"這樣的成見，實事求是地認識到漢語本來就不需要這樣的形態變化，所以也就無所謂"缺乏"。形態不等於形式，形態只是形式之一，而語序、虛詞、重疊，乃至重音、停頓、語調、層次、變換等等都可以看作語法形式，雖然它們不是嚴格意義的形態。

我們現在是這樣來理解漢語語法的總特點的：表現語法意義的語法形式是多種多樣的，它不依賴於嚴格意義的形態變化，而主要借助語序、虛詞、重疊等其他語法手段來表現語法關係和語法意義。只有這樣的表述才是真正擺脫了印歐語語法理論的束縛。

由這一總特點所決定，漢語語法的具體特點主要表現為以下四點：

　　第一，漢語虛詞極為豐富，相當一部分的語法意義是由它來承擔的；

　　第二，漢語語序非常重要，它的變化會引起結構和語義的相應變化；

　　第三，漢語詞類和句子成分不是一對一的簡單關係；

　　第四，漢語短語和句子的結構方式基本上是一致的。

二、"小楊的師傅"和"小楊師傅"
—— 虛詞的運用

　　20 世紀 60 年代中國有一部喜劇電影叫《滿意不滿意》，講的是蘇州著名菜館"得月樓"中，有一位年輕的服務員叫"小楊"，對工作不太專心，經常出差錯；而他的師傅"老楊"卻是位優秀服務員，多次受到表揚。有一次某工廠特地來請老楊去作報告，說是請的"小楊的師傅"，正巧被小楊聽到了，卻誤以為人家請的是他這位"小楊師傅"，結果"小楊"代替了"老楊"，鬧出了不少笑話。

　　"小楊的師傅"為甚麼不等於"小楊師傅"呢？從語法上分析，"小楊的師傅"是偏正短語，意思是小楊這個人的師傅，表示一種領屬關係，指的就是"老楊"；而"小楊師傅"則是個同位短語，這位"師傅"就是"小楊"，兩個名詞所指同一。兩個短語有"的"沒"的"，大不一樣，結構不同，語義也不同。

　　這說明助詞"的"在漢語中確實非常重要，絕對不是可有可無的，讓我們來觀察下面幾組實例：

〔1〕A1　爸爸媽媽　生物歷史　A2　爸爸的媽媽　生物的歷史

　　　B1　你們學校　魯迅先生　B2　你們的學校　魯迅的先生

　　　C1　修理汽車　討論問題　C2　修理的汽車　討論的問題

〔2〕D1　中國朋友　孩子脾氣　D2　中國的朋友　孩子的脾氣

　　　E1　兩斤黃魚　廿支香煙　E2　兩斤的黃魚　廿支的香煙

　　　F1　北京飯店　上海大學　F2　北京的飯店　上海的大學

〔3〕G1　乾淨衣服　中國歷史　G2　乾淨的衣服　中國的歷史

第〔1〕組 A1 是聯合短語，兩個名詞之間是並列的平等的關係，即"爸爸"和"媽媽"是兩個人，"生物"和"歷史"是兩門學科；B1 是同位短語，兩個名詞在語義上所指同一，即"你們"就是"學校"，"魯迅"就是"先生"；C1 是動賓短語，"修理"的對象是"汽車"，"討論"的對象是"問題"。當中間插入"的"以後，原來的短語，不管甚麼樣的句法結構關係，全都變成了偏正短語，兩個名詞之間成為修飾的領屬關係；例如"爸爸的媽媽"是指奶奶，"你們的學校"是指屬於你們的學校，"修理的汽車"是指那種被修理的汽車。

第〔2〕組 D1、E1 和 F1 本來也都是偏正短語，中間插入"的"以後，仍然是偏正短語，結構關係沒變，但是和原來的偏正短語相比，語義卻發生了變化，例如 D1"中國朋友"是指來自中國的朋友，一定是中國人；"孩子脾氣"指的是像孩子一樣的脾氣，其中的"中國"和"孩子"跟後面中心語的關係是一種"屬性"關係；而 D2"中國的朋友"是指屬於中國的朋友，肯定不會是中國人，而是外國人；"孩子的脾氣"是指孩子本人的脾氣，"中國的"和"孩子的"表示的是一種領屬關係。E1"兩斤黃魚"、"廿支香煙"中的"兩斤"和"廿支"是單純表示數量，可是 E2"兩斤的黃魚"、"廿支的香煙"卻是指兩斤一條的黃魚，廿支一包的香煙，加上"的"以後，表示以某個數量為一個整體的事物，其中的"數量短語＋的"是表示一種"特徵"。F1"北京飯店"、"上海大學"是偏正短語，也是個固定短語，往往代表某個實體，其中的"北京"、"上海"實際上是個標誌性質的牌號、名稱，而 F2"北京的飯店"和"上海的大學"則是泛指所有在北京的飯店，以及所有在上海的大學。

第〔3〕組 G1"乾淨衣服"、"中國歷史"和 G2"乾淨的衣服"、"中國的歷史"在結構上都是偏正短語，語義上似乎也都相同，但是實際上還是有區別的：那就是加上"的"以後強調區別性，"乾淨的衣服"隱含跟不乾淨的衣服相比較，"中國的歷史"隱含不是其他國家的歷史。這顯然屬於語用上的區別。

漢語裏，除了"的"，還有不少虛詞都很重要，例如"了"：

(1)今天上三堂課(我可能很忙)。

(2)今天上了三堂課(可以回家去了)。

(3)今天上了三堂課了(晚上還有一堂課)。

第(1)句是宣佈今天上課的安排、計劃，還沒開始呢；第(2)句是説今天的三堂課已經全部上完了，言下之意是沒有課了；第(3)句比第(2)句在句尾多了個語氣詞"了"，是告訴別人一個新的情況：今天已經上了三堂課，言下之意是還有課要上。三句的語義不同，關鍵就在於有"了"沒"了"以及有幾個"了"。第(2)句的"了"是時態助詞，表示動作已經完成或實現，第(3)句句尾的"了"則是語氣詞，表示一種新的情況的出現，一種變化信息的傳遞。

從以上的分析，可見，助詞"的"在不同的句法結構中所起的作用是不盡相同的，而助詞"了"和語氣詞"了"的特點和作用也是不同的。印歐語中有相當多的語法意義是通過詞形的變化來實現的，而漢語由於基本上沒有這種詞形變化，所以，它就採取了其他的方法。豐富多彩、作用各異的虛詞正是體現各種語法意義的重要語法手段。

漢語的虛詞數量雖然並不多(副詞雖然歸屬於實詞，但也具有虛詞的重要作用)，但是，它的作用特別大，而且出現的頻率也特別高。尤其是"的"、"地"、"得"、"了"、"着"、"過"這些助詞，"把"、"被"、"從"、"在"等介詞，"和"、"跟"、"同"、"與"、"不但……而且"、"因為……所以"、"雖然……但是"等連詞，以及各種語氣詞等等。不能想像如果漢語沒有了這些虛詞，我們的言語交際將怎樣正常地進行。中國傳統語文學歷來非常重視虛詞的研究和教學，這確實是有道理的。

三、"不怕辣"、"辣不怕"和"怕不辣"
—— 語序的變化

一個四川人、一個江西人和一個湖南人在一起誇耀本省的人能吃辣，四川人說"不怕辣"，江西人說"辣不怕"，湖南人說"怕不辣"。"不"、"怕"、"辣"，三種不同的組合，產生不同的結構，語義也有明顯的不同，這就是巧妙地利用詞序的變化而造成的語義程度的變化。"不怕辣"是動賓關係，表示主觀上對"辣"的態度是"不怕"；"辣不怕"是動補關係，顯示"怎麼辣都不怕"，程度深了一層；"怕不辣"，也是動賓關係，但意思是就怕不夠辣，言下之意是越辣越對味，程度最深。

語序的變化，包括"詞序"和"句序"兩種變化：

詞序的變化，一般地講有三種情況：

第一，詞序變化了，語義也發生了變化，但是句法結構並沒有變。例如：

(1)貓捉老鼠→老鼠捉貓

(2)我為人人→人人為我

這實際上只是詞語的替換，句法上並沒有發生甚麼變化，都是主謂短語。

第二，詞序變化了，句法結構也相應地發生了變化，當然語義也有所區別。例如：

(1)好身體→身體好

(2)他很了解→很了解他

"好身體"是偏正短語，"身體好"是主謂短語，"他很了解"是主謂短語，而"很了解他"則是動賓短語。

　　第三，詞序變化了，但是句法結構關係並沒有變化，語義也基本上沒有變化。例如：

(1)你走吧！→走吧，你！

(2)這孩子真聰明！→真聰明，這孩子！

(3)他也許去美國了。→他去美國了，也許。

(4)你看他氣得話都說不出來了。→話都說不出來，你看他氣得。

這裏的句子詞序儘管發生了變化，但句法結構沒變，第(1)句前後的"你"和第(2)句前後的"這孩子"都是主語，第(3)句前後的"也許"都是狀語，第(4)句前後的"話都說不出來了"都是補語。前後句子不同的僅僅是語用意義，後者表示的是一種"追加補充"。

　　詞序的變化，是漢語語法極為重要的手段，我們特別要注意那些語義上有細微差別的詞序變化。例如：

人來了。→來人了。

"人來了"是主謂短語，其中的"人"是已定的，是已知信息，說話人心目中是明確的，例如"人來了，可以開會了。"說明來的人是參加會議的。而"來人了"是動賓短語，其中的"人"是不定的，是未知信息，例如"來人了，別說話！"顯示這來的人就是不速之客。又如：

(1)他很不客氣→他不很客氣

(2)他不完全同意→他完全不同意

(3)一會兒再說→再說一會兒

(4)前頭的小姑娘→小姑娘的前頭

上面四例前後兩句的意思顯然也是很不相同的。

漢語的詞序變化，有它固定的一面，也有它靈活的一面，即詞序的變化有時不影響基本語義的表達。例如：

(1)一匹馬騎兩個人→兩個人騎一匹馬

(2)一鍋飯吃不了五個人→五個人吃不了一鍋飯

(3)窗户糊了報紙→報紙糊了窗户

(4)西川通鐵路了→鐵路通西川了

(5)第一本他沒有看→他第一本沒有看

句序的變化，也有兩種情況：

一是隨之而來的是語義的改變。據說宋朝有個詩人，在遊覽某個寺廟時，當家大和尚纏住他，一定要他題寫一首詩，因為這個和尚平時很勢利，那詩人很不樂意為他寫詩，就故意把唐朝詩人李涉一首詩變換了一下次序。原詩是：

終日昏昏醉夢間，忽聞春盡強登山；
因過寺院逢僧話，偷得浮生半日閒。

他巧妙地把句序一改，就成了：

偷得浮生半日閒，忽聞春盡強登山；
因過寺院逢僧話，終日昏昏醉夢間。

顯然改詩暗含諷刺義，是說因為碰到和尚說了話，導致"終日昏昏醉夢間"。

二是句序雖然改變了，但語義基本上沒有甚麼變化。這主要是一種語用上的區別。例如：

(1) 如果你希望我去，我可以去。── 我可以去，如果你希望我去。

(2) 即使他不來請，你也應該去。── 你也應該去，即使他不來請。

四、性格演員和多功能演員
── 詞類與句法成分的對應關係

戲劇界、影視界的演員，按戲路子來區分，基本上可分為兩種：一種是性格演員，即指專門演某種人物的，如有人特別善於演老太太，有人專門扮演反派人物等等；另一種是多功能演員，可以扮演各種各樣的人物，俗話説的"戲路子寬"。英語的詞類大多為"性格演員"，即詞類和句法成分的關係基本上是一對一，最多也就是一對二，因而，它們之間的關係就簡單得多：

名詞 ── 主語、賓語　　　形容詞 ── 定語、表語

動詞 ── 謂語　　　　　　副詞 ── 狀語

而漢語的詞類，主要是名詞、動詞、形容詞，與英語明顯不同，都是"多功能演員"，即詞類和句法成分是一對多的關係，因而它們之間的關係就要複雜得多：

	主語或賓語	謂語	定語	狀語
名詞	＋	（＋）	＋	（－）
動詞	＋	＋	（＋）	（－）
形容詞	＋	＋	＋	（＋）
副詞	－	－	－	＋

（＋號的為經常性功能，加括號的為部分詞具有該功能或者有條件的；－號表示基本上不行，加上括弧表示少數可以或有條件的。）

1、名詞除了主要作主語、賓語以外，還可以作定語。部分名詞還可以作謂語或狀語。例如：

(1)　　鋼鐵工人　玻璃窗戶　中國歷史　幾何原理(作定語)

(2)　　今天晴天　明天國慶　你傻瓜　　他二胡(作謂語)

(3)　　今天出發　屋　坐坐　本能地縮回了雙手
　　　　歷史地落在了他的肩上(作狀語)

2、動詞主要是充當謂語，此外，還可以作主語、賓語，部分可作定語或狀語。例如：

(1)散步是一項很好的運動(作主語)

(2)喜歡並不說明問題(作主語)

(3)他特別喜歡游泳(作賓語)

(4)我們歡迎批評(作賓語)

(5)畢業儀式　考試中心(作定語)

(6)駕駛技術　救濟金額(作定語)

(7)聯合公佈　誇耀地叫着(作狀語)

(8)微笑地說　同情地笑了笑(作狀語)

3、形容詞除了主要作定語以外，作謂語不必像英語那樣一定要有"是"(To be)一起出現。而且還可以作主語、賓語，部分作狀語。例如：

(1) 美麗也是一種武器(作主語)

(2) 貪婪使她喪失了警惕(作主語)

(3) 她尤其喜歡乾淨(作賓語)

(4) 妹妹不怕辛苦(作賓語)

(5) 仔細調查　勉強答應　老實交代　充分考慮(作狀語)

(6) 快寫　積極地工作　慢走　熱烈地祝賀(作狀語)

4、副詞只能作狀語，功能是唯一的。("很"和"極"可以充當程度補語是特例，如"好得很"、"壞極了")不過近年來，程度副詞可以修飾部分屬性特點鮮明的名詞，例如：

很女人　很君子　很博士　很美國

這裏的程度副詞，儘管是修飾名詞，是可以看作狀語。

需要特別注意的是：漢語中的動詞、形容詞作主語或賓語時，它並沒有改變詞類，沒有臨時變化為名詞，它仍然是動詞和形容詞，因為它們的基本語法功能並沒有因充當了主語、賓語而消失，動詞依然可以受副詞的修飾，依然可以帶賓語，等等。例如：

(1) 吃是可以的。(動詞"吃"作主語)

(2) 不吃也是可以的。("吃"受"不"的否定修飾，"不吃"作主語)

(3)吃飯也是可以的。("吃"帶賓語"飯","吃飯"作主語)

(4)他喜歡吃。(動詞"吃"作賓語)

(5)他喜歡慢慢吃。("吃"受"慢慢"修飾,"慢慢吃"作賓語)

(6)他喜歡吃米飯。("吃"帶賓語,"吃米飯"作賓語)

　　漢語的名詞、動詞和形容詞可以充當多種句子成分,而且當它出現在不同的句法結構中充當不同的成分時,不必改頭換面,完全以本色參加各種"演出",即在詞形上沒有甚麼變化。而英語卻不然,如果一個動詞要作主語或賓語,必須採用兩種途徑:

　　一是增加詞綴,變為名詞,例如:

(1) Swim——Swimming

(2) Study——Studying

　　二是用"To"變為不定式,例如:

(1) Swim——To Swim

(2) Study——To Study

五、"產品"和"商品"的異同
—— 短語與句子結構的一致關係

　　詞與詞可以組合成為短語;然後實詞本身,或者組合成短語後,加上一定的語調,進入交際場合,就有可能成為句子。打個通俗一點的比方,實詞或短語,就像工廠裏的"產品",一旦它進入了

“市場”，它的價值才能得到實現，成為“商品”。“產品”與“商品”，結構和形式都是相同的，它們的區別，不在於“量”的多少，而在於“質”的飛躍。

極為有趣的是，漢語短語與句子的結構方式基本相同，並不像英語那樣，句子和短語的構造有明顯區別。英語句子的謂語部分都必須有一個由限定動詞 (finite verb) 充當主要動詞，而短語裏是不允許有限定動詞的，短語裏要有動詞的話，只能是不定形式 (infinitive) 或者是分詞形式 (participle)，不能是限定形式。而且，包孕在句子中間的子句 (clause) 跟獨立的句子一樣，也要有限定動詞來充當謂語。總而言之，在英語中，句子與子句是一套構造原則，而短語則是另一套構造原則。比較一下下列句子，就可以相當清楚地看出英語的句子和短語的區別：

(1) He flies a plane. (他開飛機)

(2) To fly a plane is easy. (開飛機容易)

(3) Flying a plane is easy. (開飛機容易)

從原則上講，漢語的短語在某個語境中出現，並給以一定的語調，它就可以成為一個句子。因此，漢語的句子和短語的區別主要不是在於結構上，而是在於：

〔1〕前後有無明顯的停頓；

〔2〕有無語調和語氣詞；

〔3〕有無句子所特有的附加成分，如提示成分、獨立成分等；

〔4〕有無因語用交際上的特殊需要而產生的省略、移位、重合、插入等等。

要特別注意句子和主謂短語的關係：

第一、句子不一定限於主謂形式，因為其他構造的短語一旦獲得語氣，進入一定的語境，就可以成為句子。例如：

(1)氣得他覺也睡不着。（動補短語成句）
(2)你這個混小子！（同位短語成句）

第二、主謂短語可以作句中的各種成分，不一定就是句子，因為主謂短語跟其他短語的地位是相同的，並不特殊。例如"她唱歌"是個主謂短語，它可以在下面的結構裏出現：

(1)她唱歌很有特色。（主謂短語作主語）
(2)好心情她唱歌，壞心情她唱戲。（主謂短語作謂語）
(3)我很喜歡聽她唱歌。（主謂短語作賓語）
(4)她唱歌的姿勢很優美。（主謂短語作定語）
(5)她唱歌了。（主謂短語獨立成句）

短語與句子在結構方式上有相當驚人的一致性，這是漢語語法所特有的。其實，不僅如此，漢語複合詞的構造也跟短語有着一定的對應關係。

古代漢語的辭彙以單音節為主，但在長期發展的過程中，由於詞義的精密化、複雜化，促使辭彙的形式由單音節向雙音節過渡。據統計，現代漢語中，雙音節的詞已經佔到全部單詞的70%以上。

《普通話三千常用詞表》中收了名詞 1621 個，其中多音的(絕大部分是雙音節的)為 1379 個，佔 85%；收形容詞 451 個，其中多音的(絕大部分是雙音節的)為 311 個，佔 69%；動詞收 941 個，其中雙音節的 573 個，佔 61%；總計雙音節以上的佔 71.666%。可見，雙音節化已是現代漢語辭彙的主要節奏傾向。

這種辭彙組合的手段，除了"重疊"，添加"詞頭"、"詞尾"以外，大體上是按短語的組合方式來進行的。因為事實上，現在大部分的雙音節詞，本來都是短語，只是在長期使用過程中，逐漸凝固而成為單詞的。例如：

(1) 引而申之，觸類而長之。(《周易·繫辭》)
(2) 鮑叔牙為人，剛愎而上悍。剛則犯民以暴，愎則不得人心。(《韓非子》)
(3) 既和且平。(《詩經·商頌》)
(4) 牛之性猶人之性與？(《孟子·告子上》)

其中的"引申"、"剛愎"、"和平"、"人性"，在先秦時代還沒有凝固成詞。

現代漢語詞組的基本構造主要有五種，而構詞的方式基本上也是這麼五種：

結構方式	聯合	偏正	動賓	後補	主謂
短語	哥哥弟弟	帆布鞋子	開發資源	洗刷乾淨	大樹倒塌
單詞	兄弟	布鞋	登陸	說明	地震

這裏要特別注意三點：

第一，漢語的短語和單詞的構造方式只能說是大體上相同，事實上還有許多不同之處，例如"花朵、馬匹""銀元、肉鬆"等構詞方式是構詞所特有的。

第二，除了這五種基本構造以外，還有一些其他的構詞方式，如"連動"、"兼語"等等。

第三，正因為這兩者的構造方式大體吻合，所以，有時就不容易劃清它們的界限，會形成一個"過渡地帶"，有些詞語不容易確定到底是雙音節的單詞，還是短語。我們把它叫做"離合詞"：離的時候，說它是短語；合起來的時候，則說它是個詞。這主要有兩類：

〔1〕動賓結構："洗澡"，這是個單詞，但是還可以說"洗個熱水澡"，這時就不得不說它是動賓短語了。類似的還有：理髮、請假、結婚……

〔2〕動補結構："提高"，這是個單詞，但是還可以說"提得高提不高"，這時就不得不說它是動補短語了。類似的還有：打倒、改正、放大……

第 4 章

構詞法：
揭開漢語詞語構造的奧秘

一、對成語"望洋興歎"的誤解
—— 構詞分析的關鍵

有一個著名的成語叫"望洋興歎"，意思是深感自己實力不足，因而發出無可奈何的感歎。後來有人模仿它編了一些新成語，如望書興歎、望房興歎、望路興歎、望肉興歎等等，幾乎"望"着甚麼都可以"興歎"一番。其實，"望洋興歎"中的"望洋"並不是"望着海洋"的意思。這一成語來源於《莊子·秋水》，據考證，先秦時的"洋"還沒有現在"海洋"的意思，"望洋"又可寫作"望羊"、"忙洋"，指的是"仰視的樣子"，可見"望洋"是個"聯綿詞"。這些仿造的新編成語，從修辭學角度講似乎很有趣，但是從構詞法角度看，卻不能不說是個極大的誤解。

一個方塊漢字，一般地說，總是代表一個音節，只有少數例外，這是指的"兒化詞"，例如"花兒(huar)"、"鳥兒(niaor)"、"今兒(jinr)"，兩個漢字代表一個兒化音節。一個漢字在大部分情況下，代表一個語素，語素是指語音與語義相結合的最小的語言單位。有的語素可以單獨成詞，例如"人"、"美"，當然也可以跟別的語素結合成詞，這叫做"成詞語素"；有的語素在現代漢語中不能單獨成詞，它必須跟別的語素結合後，才能成詞，這叫做"非成詞語素"。例如"民"、"麗"，可以結合成：

> 人民、移民、公民、農民、選民、漁民／民主、民族、民眾、民間、民謠、民俗……
> 美麗、富麗、壯麗、艷麗、華麗、秀麗／麗人、麗日……

還有一種情況，就是一個漢字只代表一個音節，它單獨不是一個語素，換言之，只有幾個漢字一起才代表一個語素，"聯綿詞"就是這種用兩個漢字作為一個語素所構成的"單純詞"。聯綿詞裏的兩個字，兩個音節合起來才是一個語素，只表示一個意義，如果拆開來，單獨每一個字都沒有意義。因此，"單純詞"就是只有一個語素構成的詞，它主要有四種類型：

〔1〕**聯綿詞**，它有三類：

A. 雙聲的，例如：

> 伶俐、玲瓏、澎湃、慷慨、猶豫、參差，鞦韆、蜘蛛等；

B. 疊韻的，例如：

> 逍遙、窈窕、從容、徘徊、荒唐、蜻蜓、彷徨、腼腆等；

C. 非雙聲疊韻的，例如：

> 逶迤、蝙蝠、瀟灑、珊瑚、蝴蝶、玻璃等。

〔2〕**音譯詞**，它也可以分為幾類：

A. 全部音譯，例如：

鴉片(opium)、嗎啡(morphine)、休克(shock)、撒旦(Satan)、彌撒(missal)、咖啡(coffee)、蘇打(soda)、基督(Christ)、華爾茲(waltz)、巴士(bus)、的士(texi)、克隆(clone)、基因(gene)……

坦克、沙發、吉普、芭蕾、馬達、尼龍、滌綸、波音、布丁、探戈、香檳、色拉、吐司、白蘭地、巧克力、法西斯、馬拉松、迪斯可、以色列、尼古丁、嬉皮士、比基尼、麥克風、荷爾蒙、蒙太奇、威士卡、歇斯底里、奧林匹克、阿司匹林、布爾喬亞……

B. 半音譯半意譯，例如：

酒吧(bar)、啤酒(beer)、卡車(car)、卡賓槍(carbine)、加農炮(cannon)、爵士舞(jazz)、踢踏舞(tittup)等。

C. 音義兼譯，例如：

幽默(humor)、俱樂部(club)、烏托邦(utoopia)、聲納(sonar)、席夢思(simons)、引擎(engine)、引得(index)、香波(shampoo)、可口可樂(Coca-Cola)、百事可樂(Pepsi-Cola)、喜力(Heineken)、百威(Budweiser)等。

D. 直譯的，例如：

雞尾酒(cock tail)、熱狗(hot dog)、白領(white collar)、跳蚤市場(flea market)、花花公子(Play boy)等。

〔3〕**口語詞**：

吩咐、嘀咕、嘮叨、含糊、溜達、尷尬、蘑菇、哆嗦等。

〔4〕**單音節詞**，例如：

人、家、個、位、叫、走、紅、美、才、就、了、着等。

與 "單純詞" 相對的是 "合成詞"，即指由兩個以上語素構成的詞。分清 "單純詞" 和 "合成詞" 的關鍵是要確定雙音節詞中的每一個漢字是否單獨有意義。試比較下列幾組詞語：

撲克△ / 攻克。　　哈達△ / 到達。　　戈壁△ / 隔壁。

阿門△ / 竅門。　　盧布△ / 粗布。

沙△發 / 沙。漢　　馬△達 / 馬。匹　　加△侖 / 加。法

倉△皇 / 倉。庫　　荒△唐 / 荒。野

每一組詞語都有相同的漢字，千萬不要以為，漢字字形相同，它們的性質也就一定相同。其中帶有△標記的漢字，只是代表一個音節的讀音，本身沒有任何意義，所以不是語素；而帶有○標記的漢字則不但代表一個音節，而且還有具體的意義，它本身就是一個語素，因此，前者都是 "單純詞"，而後者則是由兩個語素構成的 "合成詞"。

上述情況是指同一個漢字，有時可能代表一個語素，有時卻只代表一個音節；此外，要特別注意的是：有的漢字，可以同時代表幾個不同的語素，例如：

A. 語音不同的：

會計(kuàijì) —— 會議(huìyì)

長度(chángdù) —— 增長(zēngzhǎng)

B. 語音相同的：

老師(lǎoshī) —— 老漢(lǎohàn)

就職(jiùzhí) —— 就是(jiùshì)

二、"米老鼠"並不"老"
—— 派生詞類型

動畫片裏的"米老鼠"年輕英俊，和牠的女朋友 Mini 正在談戀愛，可見，"米老鼠"並不老；後來又出了個"唐老鴨"，牠也很年輕。"老鼠"這一名稱是早就有之，而"老鴨"看來是模仿"老鼠"新造出來的。這個"老"的語義明顯已經虛化，只起到了一個構詞的作用。

試比較以下兩組由"老"字構成的單詞：

(1)老伴、老夫、老漢、老路、老農、老娘、老式、老朽、老翁、老師傅、老大爺、老大娘、老太太、老婆婆、老祖宗、老人家……

(2)老鼠、老師、老婆、老虎、老表、老闆、老鄉、老巢、老粗、老大、老家、老鷹、老總、老百姓……

第 (1) 組裏的"老"確實表示"老"的意思，而第 (2) 組裏的“老”卻並不表示“老”。“老師”很可能是小老師，“老婆”
也很可能是年輕的老婆，這裏的“老”只是一個僅僅起構詞作用的
“詞綴”，而表示“年齡大、時間長”等具體意義的“老”則是
“詞根”。詞綴和詞根都是語素，二者的根本區別是：詞綴的意義
已經虛化，只起或基本上只起構詞作用，而且構詞時的位置往往是
固定的，不能隨意改變；而詞根則承擔了該詞的基本意義，構詞時
的位置相對自由，可在前，也可在後。

由“詞綴”和“詞根”結合而成的詞叫“派生詞”。

由“詞根”和“詞根”結合而成的詞叫“複合詞”。

“詞綴”可分為“前綴”、“後綴”和“中綴”，在派生詞裏只起構
詞作用，不承擔具體的辭彙意義。漢語裏典型的詞綴並不是太多，
主要有：

〔1〕**字首＋詞根：**

阿：阿姨、阿哥、阿飛、阿 Q……
老：老師、老婆、老虎、老鼠……

〔2〕**詞根＋後綴：**

子：房子、椅子、帽子、碟子……
頭：磚頭、木頭、賺頭、苦頭……
兒：明兒、活兒、信兒、天兒……

〔3〕**詞根＋中綴＋詞根：**

不 / 得：巴不得、了不起、吃得消、來得及……

裏 / 不：糊裏糊塗、馬裏馬虎、酸不溜丟、白不呲咧……

　　另外還有一些類似於詞綴的語素，叫"類後綴"、"類前綴"，它們的語義還沒有完全"虛化"，即除了構詞作用以外，還殘留着一些辭彙意義，當然每種虛化的程度可能有所不同。例如：

〔1〕**類後綴：**

者：作者、讀者、編者；　　員：海員、演員、職員；
家：作家、專家、東家；　　手：水手、棋手、歌手；
性：良性、慢性、惡性；　　士：博士、碩士、學士；
派：左派、京派、海派；　　巴：尾巴、泥巴、嘴巴；
屬：親屬、家屬、軍屬；　　化：美化、同化、綠化。

〔2〕**類前綴：**

可：可靠、可惡、可笑、可憐、可親、可氣、可愛……
非：非法、非議、非凡、非禮、非金屬、非重點……

區別"派生詞"和"複合詞"的關鍵，是分清同形的語素到底是詞根還是詞綴。例如：

根兒△——嬰兒○　剪子△——尖子○　木頭△——船頭○
醜化△——火化○　議員△——復員○　理性△——雄性○
搶手△——右手○　畫家△——娘家○　老鷹△——老農○

　　上面每組中的同形的漢字帶有△符號的語素是詞綴，帶有○符號的語素則是詞根。典型的後綴在語音形式上也具有明顯的特徵："兒"是兒化韻，和前面的音節合成一個音節，"子"、"頭"唸成輕聲；而作為詞根的 "兒"、"子"、"頭" 分別唸成(ér) (zǐ) (tóu)。此外還要從語義上加以區分，看其語義虛化的程度。

近些年來，漢語出現了不少新興的類後綴，具有很強的生命力。例如：

熱：旅遊熱、圍棋熱、集郵熱、炒股熱
感：水感、球感、肉感、緊迫感、責任感
度：透明度、知名度、保鮮度、開放度
壇：排壇、文壇、舞壇、棋壇、樂壇
小：小環境、小皇帝、小社會、小金庫
大：大氣候、大容量、大酬賓、大跨度
多：多渠道、多角度、多彈頭、多側面
高：高保真、高性能、高強度、高配置

三、"雪" 字家族成員的個性
—— 合成詞的類型

由 "雪" 字組合而成的詞語有不少，例如：

雪白、雪崩、雪恥、雪花、雪片、雪茄、雪子……

這些由 "雪" 字所組合成的單詞，形成了一個帶有 "雪" 字的字族，但是它們都富有個性，不但詞義有區別，其內部組合關係也是很不相同的。

雪白：(偏正結構)　像雪一樣潔白。

雪崩：(主謂結構)　大量的雪塊從高山上崩塌下來。

雪恥：(動賓結構)　洗刷掉恥辱。

雪花：(正偏結構)　形狀像花兒一樣的雪。

雪片：(名量結構)　片狀的雪。

雪茄：(單純詞)　用煙葉捲成的一種煙，英語(cigar)譯名。

雪子：(派生詞)　空中降落的白色不透明的小冰粒，又叫"霰"。

可見，除了上述的"單純詞"和"派生詞"之外，"複合詞"內部還有許多不同的結構方式。

如果能夠準確地分析複合詞的結構關係，將會對理解這些詞語的意義有所幫助。例如"春耕""血紅"，不能分析成為主謂關係，而應該看作偏正關係，因為它們表示"在春天耕作""像血一樣鮮紅"的意思。又如"夏至"不能分析成主謂關係，它不是"夏天到了"的意思，而應該是偏正關係，意思是"夏天的盡頭"。又如"心疼"是歧義的，如果理解為心理現象，指"捨不得"，則是主謂關係的構詞法；如果理解為生理現象，意思是"心臟感到疼痛"，那就是主謂短語了。再如"存款"一詞，理解為動賓關係，它就是個動詞，意思是"把錢存在銀行裏"；理解為偏正關係，它就是個名詞，意思是"存在銀行裏的錢"。

複合詞的構詞方式主要有以下五種：

〔1〕偏正結構：

A. 粵劇、鐵路、油畫、白色、八仙、香港……

B. 單幹、狂歡、深入、秋收、血紅、筆直……

〔2〕**聯合結構：**

A. 道路、聲音、幫助、停止、奇怪、光明……
B. 人物、質量、窗戶、兄弟、忘記、乾淨……
C. 開關、是非、收發、東西、反正、始終……
D. 江湖、筆墨、皮毛、山水、風浪、領袖……

〔3〕**動賓結構：**

A. 登陸、站崗、播音、掛鈎、放心……
B. 理事、管家、司令、知己、主席……
C. 及時、動人、滿意、開心、合法……

〔4〕**後補結構：**

説明、澄清、擴大、推翻、革新、改良……

〔5〕**主謂結構：**

軍用、私營、地震、霜降、年輕、肉麻……

"偏正結構"有兩類，A 類是名詞性的，修飾性語素表示地域、特點、顏色、數量、來源、品種、質料等等；B 類是動詞形容詞性的，修飾語素表示方式、方法、狀態、性質等等。

"聯合結構"有四類：A 類是同義並列，B 類是偏義並列，C 類是正反並列，D 類是引申並列。

"動賓"結構式可以構成 A 動詞，B 名詞，C 形容詞。至於"動補"和"主謂"這兩種構詞方式相對簡單一些。

　　不難看出，這五種組合方式，跟句法結構的組合方式基本上是一致的，這說明現代漢語中的複合詞實際上是古代漢語中由詞與詞組合成短語，經過長期使用而凝固下來的。除此之外，還有一些和句法結構相類似的組合方式：

〔6〕**連動結構**：

　收容、進駐、提審、報考、割讓、販賣……

〔7〕**兼語結構**：

　逼供、召集、誘降、討嫌……

〔8〕**同位結構**：

　楠木、蓮花、秈米、茅草……

　　構詞法中也有一些比較特殊的構詞方式，這是句法結構的組合方式所無法解釋的。這主要有：

〔9〕**重疊結構**：

　寶寶、星星、娃娃、爸爸、媽媽、弟弟……

〔10〕**正偏結構**：

　餅乾、肉鬆、石墨、銀元、火海、地球……

〔11〕**名量結構**：

　花朵、馬匹、人口、紙張、房間、槍支……

〔12〕**賓動結構**：

石刻、麥收、理解……

〔13〕**縮略結構:**

人大、政協、抗戰、四化、五官……

　　了解詞的構詞方式,不僅有助於準確理解該詞的辭彙意義,而且對分析句法結構關係也有幫助。

四、"猩猩,醒醒!看星星。"
—— 構詞法和構形法

　　重疊是漢語裏非常有特色的語言形式。古典詩詞中就常見這樣的語言形式,最著名的當推宋代女詞人李清照的《聲聲慢》:

尋尋覓覓,冷冷清清,淒淒慘慘戚戚。

乍暖還寒時候,最難將息。

三杯兩盞淡酒,怎敵他,晚來風急?

雁過也,正傷心,卻是舊時相識。

滿地黃花堆積。

憔悴損,如今有誰堪摘?

守着窗兒,獨自怎生得黑?

梧桐更兼細雨,到黃昏,點點滴滴。

這次第,怎一個、愁字了得!

其中的"尋尋覓覓,冷冷清清,淒淒慘慘戚戚"幾乎成千古絕唱。

對聯也常常使用重疊。杭州中山公園有一副對聯是這樣的：

山山水水處處明明秀秀，晴晴雨雨時時好好奇奇

由於一副對聯全部都是重疊，造成一種視覺和聽覺的衝擊。不過，儘管都是重疊，但是實際上其內涵和性質是不同的。

"猩猩，醒醒！看星星。"這短短的一句話裏，一共出現了三個重疊格式，表面上，這些似乎都是重疊，前後音節的語音相同或接近，但是，它們是完全不同類型的重疊。現代漢語中的重疊方式有三種：

〔1〕猩猩、蛐蛐、銩銩、蝈蝈、潺潺、娓娓、隆隆……
〔2〕星星、娃娃、寶寶、爺爺、奶奶、常常、剛剛……
〔3〕醒醒、吃吃、瞧瞧、玩玩、走走、刷刷、看看……

第〔1〕種是音節的重疊，單獨一個漢字沒有意義，也不能單獨運用，這是兩個音節構成一個語素，並獨立成詞，即單純詞；第〔2〕種是語素的重疊，音節單獨有意義，也可以獨立運用，最常見的這類詞多為親屬稱謂，這是重疊的構詞方式；第〔3〕種是單詞的重疊，並不產生新詞，但增加了某些語法意義，表示嘗試義、短暫義，應該屬於構形法的範疇。

"構詞法"和"構形法"是有區別的。區別構詞法中的詞綴和構形法中的虛詞，關鍵是有兩條：

第一，詞綴和詞根的組合是封閉的，而實詞和虛詞的組合是開放的；前者組合成詞，可以全部列舉，詞典收錄，但不能類推；後

者並不構成新詞，所以詞典是不收錄的，它主要是表示某種語法意義，可以類推。

例如動詞加上"頭"，可能構成兩類：

〔1〕來頭 / 對頭 / 念頭 / 盼頭 / 賺頭……

〔2〕來頭 / 吃頭 / 看頭 / 打頭 / 玩頭……

〔1〕類都是名詞，在《現代漢語詞典》裏全部可以查到，詞義也各不相同。這類組合的詞語不多，換句話說，它們的數量是封閉的，不可類推。〔2〕類則表示一個共同的語法意義：值不值得去做某件事。比如"這東西沒有甚麼吃頭"、"很有看頭"，幾乎動作動詞都可以在後面添加"頭"，表示一種價值觀。換句話說，這種組合式是開放的。由"頭 1"構成的都是派生詞，數量是有限的，可數的；而由"頭 2"構成的卻不是詞，是一種結構。因此，"頭 1"是個詞綴，"頭 2"是語綴(或叫形綴，虛詞)。例如"來頭 1"表示某人的資歷或背景，"來頭 2"是指值不值得到這兒來。

上海話裏有"嘸沒講伊頭""嘸沒啥清爽頭"。動賓短語"講伊"(說他)也可以帶上"頭 2"，表示價值觀，形容詞"清爽"(乾淨)後面也可以加"頭 2"。可見，普通話裏應該有兩個"頭"。

第二，跟詞綴組合的是詞根，部分詞根是黏着的，例如"桌子、木頭"中的"桌、木"，無法單獨成詞，這更證明了詞綴的構詞作用；而跟虛詞組合的是實詞，都具有獨立活動的能力，有時，跟這類虛詞組合的甚至可以是短語，例如：

　　老師和同學們……

　　討論並通過了……

可見，"們"和"了"都是虛詞，不起構詞作用。

第5章 實詞(上)：擅長唱主角的三大詞類

一、"金銀銅鐵錫"是一家子嗎？
—— 功能、語義和形態

說起"五金店"，我們就會想起"金、銀、銅、鐵、錫"這麼五種金屬，既然它們在語義上相提並論，那麼想必一定屬於同一個詞類，是一家子了。但事實上卻不然，請看以下語言事實：

(1)	*給他一塊(兩)金	給他一塊(兩)金子
(2)	*給他一塊(兩)銀	給他一塊(兩)銀子
(3)	給他一塊(兩)銅	*給他一塊(兩)銅子
(4)	給他一塊(兩)鐵	*給他一塊(兩)鐵子
(5)	給他一塊(兩)錫	*給他一塊(兩)錫子

這說明，"金、銀"和"銅、鐵、錫"實際上是兩家子，這個區別表現為兩點：

第一，"金、銀"不能單獨受數量短語修飾，如要要接受修飾，必須說成"金子、銀子"；而"銅、鐵、錫"可以受數量短語的修飾。

　　第二，"銅、鐵、錫"單獨成詞，可以自由活動，而漢語中並沒有"銅子、鐵子、錫子"這樣的詞語。

　　可見，這五個詞應該分屬不同的詞類："銅、鐵、錫"是一般的名詞，"金、銀"則屬於新設立的詞類：區別詞。

　　我們通常喜歡從意義上給詞類下定義，例如：

〔1〕名詞表示人或事物的名稱。

〔2〕動詞表示動作或行為。

〔3〕形容詞表示某種性質或狀態。

這對我們理解該類詞的性質和特點是有幫助的，但是，它不能作為一個嚴格的標準來對所有的詞進行鑒定和測試。這就好比給蘋果分類，比較大的為一類，中等的一類，較小的一類。這樣大體上把所有的蘋果分成幾類，但是這個類是不嚴格的，難免帶有強烈的主觀色彩，因為所謂的"大"、"中"、"小"完全是個模糊概念，要想嚴格區分，就要定下具體的可以操作的標準，比如蘋果的直徑多少才算"大"，直徑多少才算"小"等等，詞的分類同樣如此。例如：

(1)門突然打開了 —— 門忽然打開了

(2)他來得非常突然 —— *他來得非常忽然

(3)發生了突然事件 —— *發生了忽然事件

在第(1)句中，做狀語的"忽然"和"突然"可以互換而句子意義基本不變。似乎這兩個詞都是副詞。可事實上，這兩個詞卻不屬於同一詞類。因為第(2)(3)句顯示了"突然"可以受程度副詞的修飾，也可以去修飾名詞，可見它是形容詞；而"忽然"既不能受程度副詞的修飾，也不能去修飾名詞，它只能充當狀語，是一個地地道道的副詞。可見，"忽然≠突然"。

再來觀察一下語義相當接近的"剛剛"和"剛才"：

(1)他剛才來過 —— 他剛剛來過

(2)剛才的話不算 ——*剛剛的話不算

(3)到剛才為止 ——*到剛剛為止

在第(1)句裏，做狀語的"剛剛"和"剛才"可以互換而句子意義基本不變，這兩個詞似乎也應該是同一類的副詞，可是在第(2)、第(3)句裏，"剛才"可以修飾名詞，也可以作介詞的賓語，顯然是時間名詞，而"剛剛"卻都不行，應是時間副詞。可見，"剛剛≠剛才"。

在語法上，區分詞類最為有效的辦法是看它們的語法功能，即它能夠跟哪些詞語結合，不能跟哪些詞語結合，也可以利用一些"鑒定詞"或者"重疊方式"。詞義對區別詞類有一定參考價值，但是不能作為嚴格的鑒定標準。

二、不喜歡戴校徽的調皮學生
—— 功能分析與形態分析

大中學校通常會給學生發一枚校徽，以便於學校管理。學生中有的願意戴，有的卻不大喜歡。而校徽也只發給在學校教務處裏登記註冊的學生。由此可見，校徽只是一個外部的標誌，關鍵在於學生是否已經註冊並獲得該校學生的身份。

印歐語系語言的詞語形態變化比較豐富，這就像那些願意佩戴校徽的"乖孩子"，進出校門口時比較醒目；而漢語的詞語主要不依賴於嚴格意義的形態變化，這就好像那些不喜歡佩戴校徽的調皮學生，所以有時一下子搞不清他是否是這個學校的。但是，因為事實上他已經註冊了，根據他的"語法功能"，理所當然是這個學校的學生。

可見，問題的核心是"註冊"（語法功能），而"校徽"（形態變化）則只是一個外部標誌。對漢語詞語的考察，應該主要根據它的內部功能，有時也可以參考它的外部形態。

漢語不依賴於嚴格意義的形態，但並不等於它沒有任何形態或類似於形態的東西。例如重疊，名詞原則上不能重疊，而部分動詞、形容詞和量詞的重疊則比較有規律。

單音節動詞重疊：

打打、看看、走走、玩玩、吃吃、想想、洗洗、刷刷（表示短時間、嘗試性的語法意義）

雙音節動詞重疊：

打掃打掃、整理整理、了解了解、思考思考（表示短時間、嘗試性的語法意義）

單音節形容詞重疊：

紅紅兒、小小兒、短短兒、高高兒、遠遠兒(強調程度比較高)

雙音節形容詞重疊：

乾乾淨淨、大大方方、老老實實、漂漂亮亮(同上)
冰涼冰涼、雪白雪白、稀爛稀爛、噴香噴香(同上)
糊裏糊塗、古裏古怪、小裏小氣、馬裏馬虎(表示憎惡、討厭、輕視的意思)

單音節量詞重疊：

個個身手不凡、粒粒晶瑩透亮
條條大路通羅馬、場場比賽都是贏(表示無一例外的意思)

但是，要特別注意的是，只有一部分動詞和形容詞可以這樣重疊，還有許多動詞、形容詞不能重疊。例如不能說"加以加以、閉幕閉幕、畢業畢業、成為成為"，也不能說"美美麗麗、驕驕傲傲、高高貴貴、醜醜陋陋"，可見，即使承認這類重疊也是一種"形態"，那也是不嚴格的，在鑒定詞類時，只能作為一種輔助標準。

此外，詞或短語的前後添加一些虛詞，也可以看作是廣義的形態變化。例如：

〔1〕動詞：後面可添加時態助詞"了、着、過"等。
〔2〕表人名詞或代詞：後面可添加助詞"們"。
〔3〕實詞或短語：後面可添加助詞"似的"、"的話"等。

〔4〕數詞：前面可添加助詞"第"等。

不同的詞類好比是不同類型的演員，句子成分就好比是戲劇角色，我們只有透徹地全面地掌握了各個詞類的個性，了解它最勝任的角色、可以客串的角色以及反串的角色，才能讓它充分地發揮作用。

根據語法功能可以先把詞分為"實詞"和"虛詞"兩大類。

實詞是指能夠在句子裏充當句子成分的詞。包括十類：

名詞、動詞、形容詞、代詞、數詞、量詞、副詞、區別詞、歎詞、象聲詞。

虛詞是指不能在句子中充當句子成分的詞，包括四類：介詞、助詞、連詞、語氣詞。

一般地說，"實詞"的語義比較實在，而"虛詞"的語義比較空虛，主要表示某種語法意義。

三、人丁興旺的三大家族
—— 名詞、動詞與形容詞

句子成分主要是指"主、謂、賓、定、狀、補"這六大成分，其中，主語、謂語、賓語和補語構成了句子的基本骨架。而漢語那麼多的詞類裏，名詞、動詞和形容詞這三大詞類家族顯然是最擅長唱主角的，它們人丁興旺，人材濟濟，而且這三大類之間的關係也最複雜，成員相互交叉的也不少。據有關材料統計，這三類詞的總數大約佔全部詞語的 92%，名詞、動詞和形容詞各自數量之比為 8：4：1。這説明名詞數量最多，而且不斷有新的名詞產生；其次是動詞，用法最複雜多變；較少的是形容詞，當然如果包括形容詞的變化形式(指各種重疊方式)在內，那數量就要大大增加了。

第一，**名詞**，一般表示人或事物的名稱。名詞的特點：

〔1〕在句子裏主要充當主語、賓語和定語。時間名詞和處所名詞有時也可以作狀語，如"明天見"、"屋裏坐"；名詞在表示分類性的句子裏也可以作謂語，如"他上海人"、"今天星期天"。

〔2〕不能受副詞"不"的修飾。這是跟動詞和形容詞的主要區別，例如可以説"不打仗"、"不開刀"或"不年青"、"不紅"，但是，不能説"不戰爭"、"不手術"或"不青年"、"不紅色"，因為"打仗、開刀"是動詞，"年青、紅"是形容詞，而"戰爭、手術、青年、紅色"卻是名詞。

〔3〕能夠受數量(名量)短語修飾。例如：一本書、兩隻鳥、三盆水果、四塊點心。

〔4〕不能重疊，也不能帶助詞"了"、"着"、"過"。

名詞有三個特殊的小類：

〔1〕時間名詞，例如：

今天、明天、後天、將來、過去、現在……

〔2〕方位名詞，單純的有：

上、下、前、後、左、右、裏、外、東、南、西、北、內、

中、間、旁

合成的有以下幾種：

(A)　"以" ＋ "上、下、前、後……"

(B)　"之" ＋ "上、下、前、後……"

(C)　"上、下、前、後……" ＋ "邊"

(D)　"上、下、前、後……" ＋ "面"

(E)　"上、下、前、後……" ＋ "頭"

(F)　底下、裏頭、當中、中間、裏外、前後……

〔3〕處所名詞，包括三類：

(A)地名：亞洲、中國、北京、上海、廣州、香港、台灣；

(B)機構：公園、學校、廣場、圖書館、電影院、體育場；

(C)上述第〔2〕類各種方位詞。

第二，**動詞**，一般表示動作行為，心理活動或發展變化。動詞的特點：

〔1〕在句子裏主要充當謂語，但也可以作主語、賓語、補語，有條件地作定語或狀語。這是跟英語等印歐語很不相同的一個特點。

〔2〕能夠受副詞"不"的修飾。例如：

不喝、不來、不會、不能、不打掃、不相信、不睡眠

〔3〕動詞分為及物動詞和不及物動詞兩大類。大部分動詞都能夠帶賓語，所以是及物動詞，而形容詞是絕對不能帶賓語的，因此這是跟形容詞的根本性區別之一。例如：

吃飯、去北京、遊覽長城、了解行情

〔4〕不及物動詞也是絕對不能帶賓語的，例如：

遊行、游泳、遲到、死亡、咳嗽、流動等

它們跟形容詞的區別在於不能受程度副詞"很"的修飾，而形容詞除了部分狀態形容詞以外都可以受"很"的修飾，當然要注意及物動詞裏的心理動詞也可以受程度副詞的修飾。

〔5〕大部分動詞可以帶上助詞"了"、"着"、"過"，表示各種時態。

動詞有兩個特殊的小類：

〔1〕能願動詞：

應、應該、應當、可、可以、可能、能、能夠、敢、肯、會、要、得、該

它的後面往往跟着動詞性賓語，不能帶名詞性賓語。這樣，"會、要"就可能分別屬於一般動詞和能源動詞了。試比較：

	動詞性賓語	名語性賓語
能願動詞	會說英文 / 要買茶杯	—
一般動詞	—	會英文 / 要茶杯

〔2〕趨向動詞：

單純的有："來、去"以及"上、下"等十個，合成的則有這兩組相互組合而成的十五個：

	上	下	進	出	過	回	開	起
來	＋	＋	＋	＋	＋	＋	＋	＋
去	＋	＋	＋	＋	＋	＋	＋	－

第三，**形容詞**，一般表示性質或狀態。形容詞的特點：

〔1〕在句子裏可以比較自由地充當各種句子成分，主要是充當定語、謂語和補語，也可以作主語、賓語和狀語。

〔2〕能夠受副詞"不"的修飾。例如：不美、不大、不年青、不平常，這一點跟動詞的功能相同，所以，這兩類詞也可以合稱"謂詞"。

〔3〕形容詞分為兩類：性質形容詞可以受程度副詞"很"的修飾。例如：很興奮、很氣憤、很平常、很驕傲。狀態形容詞(指"雪白""噴香"以及形容詞的重疊形式)，由於已經程度高了，就不能再受程度副詞修飾。

〔4〕絕對不能帶上賓語，如果一個形容詞帶上了賓語，那麼它就已經變為動詞了。

區分動詞與形容詞比較困難，因為它們都可以受"不"的否定修飾，也都經常用作謂語。因此要鑒別時，必須同時使用兩個標準：1、帶不帶賓語；2、能不能受"很"的修飾。如果只使用第1個標準，"形容詞"和"不及物動詞"就有可能相混；而如果只使用第2個標準，那麼"形容詞"和"心理動詞"也可能混淆。同時使用，它們的界限就比較清楚了。例如：

例詞	能不能帶賓語	能不能受"很"修飾	詞類
澆、整理	＋	－	及物動詞
醒、休息	－	－	不及物動詞
愛、同情	＋	＋	心理動詞
好、乾淨	－	＋	性質形容詞

第6章 實詞(下)：
各顯其能的配角演員

一、十三妹為甚麼要駁回那婦人的話？
—— 代詞

《兒女英雄傳》裏有一段精彩的對話，能仁寺裏那個不知羞恥的婦人拚命誇獎廟裏的大和尚給她吃的、穿的，然後對俠女十三妹說：

"咱們配嗎？"

十三妹聽了大怒，斥責道：

"別咱們！你！"

這說明使用人稱代詞"咱們"，是"包括式"，包括聽話人在內的，而"我們"是"排除式"，不包括聽話人在內，那個壞女人有意要套近乎，十三妹生氣地駁回了。

代詞等這些實詞小類中的詞各有特色，要特別注意它們之間細微的差別。這些詞不但出現的頻率特別高，能量特別大，個性特別強，而且用法也豐富多彩，如果不加以仔細的辨析，一不小心，就會犯錯誤。例如：

　　"你笑甚麼？""你哭甚麼？""你喊甚麼？"

這是表示我真的不明白，所以要問你，"甚麼"承擔的是疑問信息。

　　"你笑甚麼！""你哭甚麼！""你喊甚麼！"

這裏的"甚麼"並不表示疑問，而表示一種否定的意思，即對你的笑、哭、喊表示不贊成。前一句是疑問代詞是"甚麼"的一般用法，後一句是它的"活用"。

　　除了名詞、動詞、形容詞這三大基本詞類，其他的實詞類，幾乎都是"小家庭"，成員並不多，大都可以一一列舉，這叫"封閉類"詞。這些小詞類跟經常扮演"主角"的名、動、形這三大詞類相比，只能算是"配角"，但少了他們，這齣戲就很難演下去。

　　上述的"咱們"和"甚麼"就屬於"代詞"。代詞，主要起替代、指示、疑問三種作用，因此大體上可以分為三類：

〔1〕**人稱代詞**：

人稱	單數	複數
第一人稱	我	我們
合稱	咱	咱們
第二人稱	你	你們
尊稱	您	您們
第三人稱	他／她	他們／她們
物稱	它	它們

除以上所列，人稱代詞還有：自己、別人、人家、大家、大夥兒等。

　　要注意的是："您"表示單數尊稱，至於表示複數的尊稱，以前常用"您二位"、"您幾位"等，近來"您們"已經在書面語上比較普遍地使用了，口語也偶爾可以聽到。男性的"他"和女性的"她"在書面上分開，確有必要，否則碰到如"他向她求婚"而寫成"他向他求婚"，就要被誤解為"同性戀"了。至於表示事物的"它"和"它們"是否要取消，目前是公說公有理，婆說婆有理，但在習慣上與"他"還是有所分工的。在語音上"他"、"她"和"它"一樣唸成(tā)。

〔2〕**指示代詞**：

	指個體	指處所	指時間	指方式或程度
近指	這、這個	這兒、這裏	這會兒	這麼、這樣、這麼樣
遠指	那、那個	那兒、那裏	那會兒	那麼、那樣、那麼樣

此外，還有"每、各、某、別、本、其他、其餘、一切"等指示代詞也各有各的特點。例如：

　　每人每天抄十二篇。（分指）　　各人管各人的家事。（遍指）
　　某人某天來過這兒。（不定指）　　別家也可以去看看。（旁指）
　　本書也有自己看法。（自指）　　其他人也不能進去。（他指）
　　其餘人請明天再來。（餘指）　　一切都不必再說。（全指）

〔3〕**疑問代詞**：

　　問人：誰
　　問物：甚麼
　　問數量：幾、多、多少

問時間：多會兒、幾時

問方式或程度：怎麼、怎麼樣

問選擇：哪（問個體）；哪兒、哪裏（問處所）

疑問代詞主要是用於疑問句，指代疑問的焦點，語義上代表着未知的信息。要特別注意的是它們也常常"活用"，即不代表疑問信息，用法也挺多樣化的，其中尤以"甚麼"的用法比較複雜一些。例如：

任指：誰都不想上街／甚麼都喝／哪兒也不去／怎麼也不答應

承指：誰想來誰就來／甚麼好吃就吃甚麼／哪壺不開偏提哪壺

例指：甚麼張三、李四都來了／買了點鉛筆、橡皮甚麼的

借指：那人好像叫李甚麼／香港有條彌甚麼道

虛指：好像看見了誰／他也沒說甚麼

否指：你笑甚麼！／甚麼市長，比老百姓還不如

二、"兩個工業學院的學生"有歧義嗎？
—— 數詞與量詞

請比較下面三個例句：

(1) 兩所工業學院的學生

(2) 兩位工業學院的學生

(3) 兩個工業學院的學生

　　第(1)第(2)例沒有歧義，可是第(3)例卻有歧義，既可以理解為"（兩個工業學院）的學生"，也可以理解為"兩個（工業學院的學生）"。主要是因為所使用的量詞的不同，"所"在這裏只能跟"學院"結合，而"位"也只能跟"學生"結合，"個"卻兩者都可以，由此產生了歧義。

　　量詞大量使用，是漢語區別於其他語言的又一個鮮明的特點。漢語的量詞不但豐富，而且多彩，用得好能"畫龍點睛"，比如"一鈎明月"、"一葉扁舟"、"一串笑聲"、"一絲涼意"，給人的感受非常形象、鮮明。再比如，跟"書"搭配的名量詞有：本、卷、冊、部、套等，它們各有各的特色，不可隨意搭配的。

　　漢語的數詞不能直接修飾名詞或者說明動詞。它必須首先跟量詞組合成數量短語。雖然數詞從理論上講是無限的、開放的，但是，從語法角度看，它還是比較簡單，而量詞卻相對比較複雜。

　　第一，數詞，用來表示數目或次序。它大體上可以分為三類：

〔1〕**基數**：表示數量多少。例如：

　　　　零、一、二、三、四、五、六、七、八、九、十、百、千、萬、億、半、兩、幾

〔2〕**序數**：表示次序先後。在數詞之前加上助詞"第"或"初"。例如："第一""第二""初一""初二"等等。

〔3〕**概數**：在數詞或數量短語之後加上助詞"多"、"把"、"來"或者"左右"、"上下"、"以上"、"以下"等。例如："三十多"、

"千把個"、"十來個"、"五十左右"、"四百以下"等等。也可以相近的數詞連用，例如：三四個、十七八個。

除此以外，還有倍數、分數、小數、百分數等等。

第二，量詞，表示人、事物或動作行為的單位。按照所搭配的詞類可以分為"名量詞"和"動量詞"兩類；按照來源又可以分為"專用量詞"和"借用量詞"兩類。

1、專用的名量詞有：

點狀：點、粒、顆、滴

線狀：線、絲、綹、支、根、段、株、股、桿、縷、道、帶

面狀：面、片、幅、方、汪

特定：對、雙、副、幫、套、軍、師、團、營、連、排、班
　　　年、季、月、日、天、夜、夕、更、刻、分、秒

計人：個、位、名、員、群、夥、幫、窩

計事：件、項、樁、宗、檔、起、回

計等級：等、級、流、層、品

計種類：種、類、樣、碼、號

計家庭：世、代、輩、門、房、家、户

此外還有專用的表示"度量衡"單位的量詞：

斤、兩、尺、寸、斗、升、里、米、畝、公里、公畝、公斤、公尺……

借用的名量詞主要有兩種類型：

〔1〕可容類：車、船、飛機、房、樓、廳、袋、筒、盆、

碗、盞、罐、瓶、碟、勺、籃、籮、筐、鍋、籠、櫃子、抽屜……

〔2〕可附類：一臉（汗水）、一頭（灰塵）、一口（黃牙）、一頭（白髮）、一身（疥瘡）、一臉（幸福）、兩手（泥巴）……

名量詞和名詞的選擇組合，受到雙方語義上種種制約，但名詞的語義是起決定作用的。量詞在與名詞的組合上有三種情況：

第一，是"專用型"，即量詞的語義比較單一，只適用於某一類名詞。例如：

盞（燈）、間（房）、艘（船）、封（信）、朵（花）、尾（魚）、輛（車）、棟（房子）、貼（膏藥）、期（雜誌）、發（子彈）、戶（人家）、列（火車）……

第二，是"合用型"，即量詞的語義適用於兩個以上的對象。例如：

首（詩、詞、曲）、群（人、動物、島嶼）、家（人家、工廠、農場、銀行、報社、公司）、所（樓房、大學、醫院、教堂、幼兒院）……

第三，是"通用型"，即量詞的語義普遍適用於各種對象。例如：

個、種、類、樣、件、隻……

2、**專用的動量詞**，數量比較少，個性也很強。主要有：

次、回、下、番、通、氣、陣、遍、趟、頓、場、把

借用的量詞主要有五種類型:

〔1〕 時間量詞:年、月、日、季、周、小時、分鐘、秒鐘、代、世、輩子、世紀、會兒……

〔2〕 器官量詞:(看一)眼、(咬一)口、(打一)拳、(踢一)腳、(按一)指頭、(唱一)嗓子……

〔3〕 工具量詞:(砍一)刀、(抄一)筆、(拔一)罐、(打一)錘、(抽一)鞭子、(劈一)斧子……

〔4〕 伴隨量詞:(走一)步、(叫一)聲、(送一)程、(繞一)圈……

〔5〕 同形量詞:(看一)看、(吃一)吃、(摸一)摸、(坐一)坐……

單音節量詞可以重疊,作主語時表示"周遍性"。例如:

個個都是好學生 / 顆顆都很飽滿 / 步步都踩得很穩 / 次次都非常小心

作謂語和定語時表示"眾多"的意思。例如:

鮮花朵朵 / 掌聲陣陣 / 一陣陣的歌聲傳過來 / 一片片的雪花飄下來

三、"不要白不要,要了也白要"
—— 副詞與區別詞

現在有一句話很流行,叫"不要白不要,要了也白要。"又是

"白不要"，又是"白要"，那麼，它是否是個前後矛盾的"悖論"呢？其關鍵就是如何看待這個副詞"白"。"白"有兩個意思：

第一，表示付出了代價卻沒有獲得相應的利益。例如：

(1) 得啦，一天雲霧散，算我們沒有白跑！（《駱駝祥子》）

(2) 萬一殘廢了，國家豈不白培養我啦？（《三千里江山》）

第二，表示獲得利益卻沒有付出相應的代價。例如：

(1) 天天兒去白吃白喝白看戲……（《侯寶林相聲選》）

(2) 這溜兒女孩兒們……不但白種花兒，白打藥針，也都上了學。（《老舍劇作選》）

因此，"白吃了一頓"、"白住了兩年"都是歧義的，一是說人家請客自己沒花錢，住了房子沒付房租；一是說儘管吃了可是全吐了，等於沒吃，雖然住了卻一事無成。因此，"不要白不要"裏的"白"是第一個意思，等於說"即使你不要，也不會得到其他的好處"；"要了也白要"裏的"白"是第二個意思，等於說"如果要了，也不必付出甚麼代價"。所以這不是個"悖論"。

副詞的作用主要就是修飾動詞、形容詞及其構成的結構，表示程度、時間、範圍、情態、估測、語氣等各種各樣附加的語法意義。漢語裏副詞很豐富，語義也比較複雜，需要仔細辨別。比如：

(1) 他常常星期天去上補習班。

(2) 他往往星期天去上補習班。

　　兩句的意思好像差不多，都表示經常的行為。其實不然，如果去掉"星期天"，第(1)句依然成立，可是第(2)句就不行了。因為"常常"只表示一種高頻率，而"往往"則表示一種帶有規律性的行為，如果沒有"星期天"這個參照點，句子就不能成立了。

　　副詞的類別主要有以下七類：

〔1〕**表示程度**，例如：

> 絕對程度：很、挺、怪、好、真、頗、略、太、忒、
> 　　　　　極、極其、十分、非常
>
> 相對程度：最、比較、稍微、過於、尤其、更加、越
> 　　　　　發、格外

〔2〕**表示時間**，例如：

> 已經、馬上、立刻、剛剛、正在、曾經、即將、常常、時
> 常、永遠、漸漸、仍然、依然、終於、一直、一向、向來、
> 忽然、始終、再三、頓時、才、就、又、便……

〔3〕**表示範圍**，例如：

> 都、總、也、光、單、只、就、大都、統統、僅僅、一共、
> 總共……

〔4〕**表示情態**，例如：

> 連忙、互相、親自、大力、竭力、大肆、肆意、相繼、陸
> 續、悄悄、趕緊……

〔5〕**表示估測**，例如：

也許、大概、大約、莫非、豈非、幸虧、居然、其實、反正、幾乎、一定、必定、差一點兒……

〔6〕**表示語氣**，例如：

倒、並、竟、還、難道、究竟、簡直、偏偏、果然、的確……

〔7〕**表示否定**，例如：

不、沒、沒有、別、未、甭……

由於副詞的語法意義相當複雜，特別是一些常用副詞有很多意義和用法，所以以上的歸類實際上只是粗略的，如"就"在下面這些句子裏意義就很不相同：

(1)我們馬上就來。（表示短暫"時間"）
(2)我就不去！（表示強調"語氣"）
(3)老倆口就他一個兒子。（表示限定"範圍"）
(4)去就去吧！（表示委婉"情態"）

因此，辨析每個副詞的語義及其用法是學習語法的重點之一。

只能作狀語的詞就叫副詞，而只能作定語的詞就叫"區別詞"。

區別詞一方面很像形容詞，另一方面又很像名詞，因為它們都可以而且常常修飾名詞作定語，但仔細辨別，仍有明顯的不同。試比較：

(1) 高級動物 —— 低級動物
(2) 高級中學 —— 初級中學
(3) 酸性土壤 —— 慢性疾病
(4) 彈性地板 —— 良性腫瘤

"高級"和"低級"都可以受"很"的修飾，是形容詞；而"初級"卻不能受"很"的修飾。"酸性"和"彈性"都可以受數量短語的修飾，還可以做動詞"有"的賓語，所以是名詞，而"慢性"、"良性"卻沒有上述的功能。因此，"初級、慢性、良性"是區別詞。

區別詞有：

單音節：金、銀、男、女、公、母、雌、雄、棉、夾、正、
　　　　副、單、雙
雙音節：彩色、黑白、袖珍、法定、國產、外來、大型、
　　　　中型、小型、重型、微型、多項、巨額、特等、
　　　　上等、急性、新式、西式、中式、公共、長期、
　　　　短期、直接、間接、額外、首要、次要、民用、
　　　　軍用、陰性、陽性、隱形、有限、無限、國營、
　　　　私營、雙邊、多邊、絕對、相對、野生……

區別詞主要有兩個特點：

第一，不能作主語、賓語和謂語、補語、狀語，也不能受"不"、"很"的修飾；只能做定語，修飾名詞可以不帶助詞"的"。

第二，經常和助詞"的"構成"'的'字結構"這時它的功能相當於一個名詞，可以作主語或賓語。例如"這是金的"，"彩色的好看"，"買了件中式的"等。

四、叮叮噹，叮叮噹，鈴兒響叮噹……
—— 擬聲詞與歎詞

歌曲“叮叮噹，叮叮噹，鈴兒響叮噹……”其中“叮叮噹”就是擬聲詞，它主要摹擬自然界各種各樣的聲音。雖然擬聲詞不表示甚麼具體的語義，但在句法結構中的作用卻很活躍，可以充當句子中各種成分，所以也歸為實詞。

漢語是一種特別注重塑造鮮明形象的語言。擬聲詞相當豐富。它主要有兩種形式：

〔1〕**基本式** A、AB：

單音節：嘩、嘻、呼、嗤、嗖、嘘……
雙音節：叮噹、滴答、嘩啦、乒乓、撲通……

〔2〕**重疊式**
AABB，如：

叮叮噹噹、滴滴答答、滴滴嘟嘟、乒乒乓乓、
劈劈啪啪、嘰嘰喳喳、咕咕噥噥、浙浙瀝瀝……

ABAB。如：

叮噹叮噹、滴答滴答、嘩啦嘩啦、乒乓乒乓、
撲通撲通、忽隆忽隆、咕嘟咕嘟、咯吱咯吱……

ABB。如：

忽隆隆、嘩啦啦、索落落、咕嚕嚕、呱達達……

AAB，如：

叮叮噹、叮叮咚、劈劈啪、滴滴答、嘰嘰喳……

此外，還有一種比較特殊的四字格(甲乙丙丁)重疊格式：在意義上，往往表示一種雜亂無章的噪音。在形式上存在着一種嚴格的雙聲疊韻交叉呼應的關係：

甲丙：雙聲　　甲乙：疊韻
乙丁：雙聲　　丙丁：疊韻

這類擬聲詞主要有：

叮零噹啷、滴裏答啦、乒零乓啷、咪裏麻啦、滴裏嘟嚕、劈裏啪啦……
嘰裏咕嚕、乞裏喀喳、稀裏嘩啦、悉裏索落、喊裏喳啦、嘰裏呱啦……

基本式表示的是單一的聲音，偏重於客觀的"記實"；而重疊式則表示一種複雜的聲音，偏重於主觀的"描寫"。前者帶上"地"以後，主要作狀語，而後者則可以在句中作狀語、定語、補語和謂語，有時也可以作賓語或者獨立成句。例如：

(1)牛大水心裏撲通撲通直跳。(《新兒女英雄傳》)

(2)只聽得畢畢剝剝的鞭炮。(《祝福》)

(3)嚇的將軍呢，拖着大鞋便跑，笑得咯咯的。(《三千里江山》)

(4)水在兩旁大聲嘩嘩，嘩嘩嘩，嘩嘩嘩！(《荷花淀》)

(5)忽然聽見咚咚咚，像擂大鼓似的響。(《三千里江山》)

(6)磕杈杈杈！炸雷就像從腳底下打過來。(《耕雲記》)

跟擬聲詞相近的還有"歎詞"，它主要用來表示人與人之間的呼喚應答，以及表達某種強烈的感情。例如：

啊、哎、喂、約、誒、唉、哼、嗯、唔、哈、呵、嗬、喔、
噢、哦、咦、嗨、呸、呀、啊呀、唉呀、哎呀、哎喲、哎唷
……

一般情況下，它往往獨立成句，而且大體上有一定的分工。例如"啊"主要表示"驚訝、興奮"等強烈的感情；"哼"總是表示"不滿、氣憤、輕蔑"；"哦"總是表示"醒悟、領會"；"咦"總是表示"詫異、不解"；"哎喲"主要表示"痛苦、吃驚"，等等。但是要注意，感情色彩的差別往往是非常細微的，所以即使同一個歎詞，由於語調的變化，在不同的語境裏，所表達的感情往往不盡相同。例如：

(1)啊，你走啦。(微驚)

(2)啊，他受重傷啦！（大驚）

(3)啊！他死啦！（驚懼）

(4)啊？你也要去？（驚疑）

五、春風風人，夏雨雨人
—— 兼類、同音與活用

中國古籍上有兩句名言："春風風人""夏雨雨人"。同樣是

"風"與"雨"，前一個指的是"春天的風"以及"夏天的雨"，是名詞；後一個則指的是"吹拂"和"滋潤"，顯然是動詞。根據上下文的搭配，大體上能夠判斷出兩者的區別。由於第一個"風"和"雨"分別受到名詞"春"和"夏"的修飾，是指稱某個事物，並在句子裏做主語，應該是名詞。第二個"風"和"雨"帶了"人"以後，在句子裏是個陳述，是謂語，那麼就應該把"風人"和"雨人"分析為動賓結構，顯然這裏的"風"和"雨"就成了動詞了。可見"風"、"雨"都是兼類詞。現代漢語的兼類詞也不少，比如"地上都是土"，跟"他的衣服很土"，同樣兩個"土"，前一個在句子裏做動詞"是"的賓語，屬於名詞，後一個受程度副詞"很"的修飾，做謂語，屬於形容詞。"土"是名形兼類詞。

一個演員，既拍電影，又演話劇，或者既是影星，又是歌星，叫"兩棲演員"。而一個詞語，既是甲類詞，又是乙類詞，屬於"兼類詞"。在漢語語法中，詞的兼類現象還是比較普遍的。這主要有以下幾種：

〔1〕名詞／動詞：

翻譯：請一個翻譯／翻譯一本小說
需要：有這個需要／需要我們幫助

〔2〕名詞／形容詞：

理想：要有點理想／環境不夠理想
困難：能克服困難／條件比較困難

〔3〕動詞／形容詞：

方便：用戶很方便／方便了用戶
繁榮：市場挺繁榮／繁榮了市場

〔4〕動詞／介詞：

讓：　你應該讓她／讓她也試試
通過：通過了決議／通過他了解

〔5〕動詞／副詞：

是：　他是研究生／他是沒有去
沒有：他沒有能力／他沒有同意

〔6〕形容詞／副詞：

非常：發生非常事件／心裏非常高興
一定：有一定的關係／一定馬上就辦

〔7〕連詞／介詞：

同：我同他都想去／你也同他說說
跟：桌子跟椅子堆在一起／你別跟她一般見識

　　兼類詞一定要跟同音詞區別開來，前者是同一個詞的不同的用法，雖然語法功能上有區別，但是，在語義上是緊密聯繫，甚至不大區分得開；而後者只是語音上偶然地同音，書面上偶然地同形，在語義上沒有甚麼聯繫。這就好比偶然同名又同姓的兩個人。同音詞就屬於這種本質上有明顯區別，而僅僅語音與詞形混同的情況。
例如：

> 白：紙張很白(形容詞)　──　白吃白喝白玩(副詞)
>
> 硬：這核桃特別硬(形容詞)　──　他硬不答應(副詞)
>
> 在：在美國上學(介詞)　──　他在打電腦(副詞)
>
> 米：買了一米布(量詞)　──　買了十斤米(名詞)
>
> 別：紀念章別在胸口上(動詞)　──　別動(副詞)

此外，還要注意一種語言現象，即詞的"活用"──本來屬於
這類詞，由於語言運用的特殊需要，臨時改變了它的詞性，改作另
外一類詞來使用。這就好比是一個老師或者一個職員，本來有自己
固定的職業，因為"救場"或者"玩玩"，臨時下海"客串"扮演一個
角色。例如：

> (1)你也別太近視眼了！(名詞"近視眼"臨時作形容詞使用)
>
> (2)這種做法有點兒阿Q。(名詞"阿Q"臨時作形容詞使用)
>
> (3)我也人道主義一下。(名詞"人道主義"臨時作動詞使用)
>
> (4)他訂購了一車皮雞蛋。(名詞"車皮"臨時作量詞使用)

"活用"，並不意味着改變這個詞的詞類，這只是一種修辭性的
做法，離開了這個具體的語言環境，這一用法便不再成立。"兩棲演
員"、"偶然同名"以及"下海客串"這三種情況，跟"兼類詞"、"同
音詞"以及詞的"活用"非常相似，把這三種關係搞清楚了，對進一
步了解漢語的詞類及其具體的運用，是大有好處的。

第7章

虛詞：
舞台演出的幕後英雄

一、説到曹操，曹操就到
—— 介詞

如果説"實詞"是演員，有的演主角，有的演配角，反正都在句子這個戲劇舞台上亮了相。那麼，我們確實不應該忘了為這齣戲演出成功而付出辛勤勞動的"幕後英雄" —— 虛詞。

虛詞的主要作用就是表示某種特定的語法意義，雖然不登台充當句子成分，但是它們就像編劇、美工、樂師、化妝師等等，其作用絕對不能低估。少了他們，這齣戲將大為遜色，甚至可能演不成。

虛詞跟實詞的關係是千絲萬縷的，有相當一部分虛詞就是從實詞經過長期的虛化而變來的。有一句成語，叫"説到曹操，曹操就到。"其中出現兩個"到"，第二個"到"是動詞無疑，而第一個"到"則是介詞。

介詞有兩種：一種是語義已經"虛化"，是單純的介詞，例如"把、被、從、自、沿、於、當、由、對於、關於"等；另一種是動詞和介詞的兼類，語義上很難分清，例如：

	動詞	介詞
在	他在圖書館裏。	他在圖書館裏看書。
比	我們在比書法。	書法他比我好。
給	她給了我一個機會。	護士正給他打針。
通過	大會通過了有關決議。	通過朋友他認識了我。

介詞的作用就是引進各種跟動作有關的對象。這主要是：

〔1〕引進動作的施事或受事：叫、讓、給、被、把

〔2〕引進動作影響的對象或範圍：對、對於、關於、比、
同、跟、為，和

〔3〕引進動作的工具、方式或目的：用、以、為、為了、為
着、按、按照、通過

〔4〕引進動作的時間或處所：在、到、從、於、由、當、
自、自從、朝、沿、向、順着

介詞有三個特點：

第一，即使帶上介詞賓語，也不能單獨作謂語，這是跟動詞的
根本性區別。

第二，主要跟名詞和代詞構成“介詞結構”，在句子裏充當狀
語。直接修飾名詞作定語時，必須帶上助詞“的”。

第三，部分引進時間或處所的介詞可以依附在動詞的後面，構
成一個“動介結構”，後面的名詞是整個動介結構的賓語。例如：

生於 / 一九八九年、來自 / 五湖四海、走向 / 未來、
不是坐在 / 而是站在 / 椅子上、重擔落到了 / 他的肩上

二、面貌相同、性格不同的三胞胎

—— 助詞

助詞在詞類中簡直是個大雜燴，其他詞類無法收容而作用又特別重要的一些虛詞就都被收進來了。一般可以分為三類：

〔1〕**結構助詞：**"的"、"地"、"得"。雖然寫法各不相同，但讀音卻是一樣的，都唸作輕聲"de"，不過他們各自的特點和作用很不一樣，所以，應該說它們是面貌相同而性格不同的三胞胎。

1、"的"的作用有兩個：

一是定語的標誌，即一個偏正結構中，"的"的前面的成分就是定語。很多情況下，沒有"的"，就無法構成偏正結構，特別是一些動詞性短語或介詞結構要作定語。例如：

> 學習外語的訣竅　球賽結束的時候
> 爬上去的地方　關於電影的對話……

二是構成名詞性的"的字結構"，在句子中只能作主語和賓語。例如：

> 吃的放在冰箱裏　他買了本有插圖的
> 對抱小孩的特別優待……

2、"地"的作用是狀語的標誌，即一個偏正結構中，"地"的前面的成分就是狀語，特別是有些形容詞或某些結構要作狀語就非帶上這個"地"不可。例如：

熱熱地沏上一壺茶　挺便宜地賣掉了　氣呼呼地跑過來
無緣無故地發脾氣　一個字一個字地唸下去……

3、"得"的作用是補語的標誌,即在一個後補結構中,"得"
的後面的成分就是補語。如果一個短語要充當補語,就必須帶上
"得",否則不能成立。例如:

説得滿臉通紅、打掃得乾乾淨淨的、累得話都不想説、客氣
得叫人感到虛偽……

正因為這三個"de"同音,所以就有可能產生歧義。例如:

(1)説 de 不清楚。
(2)馬馬虎虎 de 指導。

第(1)例有兩個含義:一是指"説的(人或事)不清楚",二是指"説
得不清楚"。第(2)例也有兩個含義:一是指"馬馬虎虎的指導"(指
人),二是指"馬馬虎虎地指導"(指行為),當然這裏的"指導"也
是個名動兼類詞。

〔2〕**時態助詞**:"了"、"着"、"過"。它們主要是附着在動詞的
後面,表示某種時態方面的語法意義。

1、"了"表示動作實現或完成,可以是過去時,或者將來時,
也可以是假設體。例如:

他吃了飯就一直躺着 / 你吃了飯再走 / 如果吃了飯就不想動
了……

2、"着"表示的語法意義有兩個：

一是動作正在進行，是動態的。例如：

台上唱着京劇 / 外頭下着大雨……

二是狀態正在繼續，是靜態的。例如：

台上坐着主席團 / 牀上躺着病人……

所以"台上擺着酒席"就是歧義的，一個意思是正在擺着酒席，一個意思是酒席已經擺好了。

3、"過"表示動作曾經發生或經歷過。例如：

我去過美國 / 他得過肝炎……

〔3〕**特殊助詞："們"**，表示人稱的不定量的多數，例如：

女士們、先生們、全體朋友們、老師和同學們、幾位大師們……

如果前面有定量的數詞，後面就不能再加上"們"了，不能說"三個學生們"。

"所"，往往加在動詞之前，構成一個名詞性的結構，語義上表示的是動作的受事。例如：

所見所聞 / 他所喜愛的 / 專業所提的建議……

"似的"，附着在某個詞或短語後面，表示一種比喻，經常跟"像"配合使用。例如：

老虎似的／像一根木頭似的／就像老鼠過街似的⋯⋯

此外還有表示概數的"多"、"來"、"把"，表示序數的"第"、"初"，表示列舉未盡的"等"、"等等"，都是助詞。

三、熱心做媒的"紅娘"
——連詞

古典戲劇《西廂記》中，張生與鶯鶯能夠"有情人終成眷屬"，全靠了丫頭"紅娘"在中間"牽線搭橋"，所以，後來"紅娘"就成了媒人的代名詞了。連詞的作用有點兒像這熱心做媒的"紅娘"。它把詞與詞、詞與短語、短語和短語，甚至句子和句子連接起來。這種連接起來的句法結構主要表示兩種語法關係：

〔1〕聯合關係：包括"並列、連貫、選擇、遞進"等語義關係；

〔2〕偏正關係：包括"因果、條件、轉折、讓步"等語義關係。

不同的連詞有不同的作用，從連接的對象來看：

〔1〕連接名詞性單位的連詞主要有：和、跟、同、與、及、以及、或；

〔2〕連接動詞性單位的連詞主要有：並、並且、或；

〔3〕連接形容詞性單位的連詞主要有：而、而且、或。

主要連接分句的連詞，往往成雙捉對配合起來一起使用：

> 因為…所以…、不但…而且…、雖然…但是…、
> 與其…寧可…

連接分句時，前一分句的連詞也常常跟後一分句的副詞相呼應，這時的副詞就兼有"修飾"與"連接"的雙重作用，可稱之為連接性副詞。例如：

> 只要…就…、只有…才…，即使…也…、無論…都…、
> 寧可…也…、如果…就…、除非…才…

要特別注意，有時同樣的句法結構，使用不同的連詞，就會表示不同的語法意義。例如：

(1) 進入本圖書館借書必須憑身份證和工作證。

(2) 進入本圖書館借書必須憑身份證或工作證。

第 (1) 句用了連詞"和"，意思是身份證、工作證兩者不可缺一，表示的是"合取"，構成聯合關係；而第 (2) 句用了連詞"或"，意思是身份證、工作證兩者只取其一，表示的是"析取"，構成一種選擇關係。這兩句其他的詞語都一樣，區別僅僅就在於連詞的不同。因此，對表示不同語法意義的連詞要加以仔細的比較。

即使是相同的關係，使用連詞時也還要注意句子類型的不同。例如：

(1) 旅遊可以去杭州或者去蘇州。——＊旅遊可以去杭州還是去蘇州。

(2)旅遊是去杭州還是去蘇州？——＊旅遊是去杭州或者去
蘇州？

第(1)句是陳述句，選擇連詞只能用"或者"，不能用"還是"；而第(2)
句是疑問句，選擇連詞只能用"還是"，不能用"或者"。這說明同樣
表示"選擇"關係，不同的句子類型在使用連詞時也是有區別的。

連詞和介詞有些是同形的，這就需要仔細辨認。例如：

(1)水仙花跟臘梅都開了。
(2)小張跟老王借錢。

這兩句的"跟"到底是哪類詞呢？起甚麼作用？這可以採用兩種辦
法：一是看"跟"前後的名詞能否互換位置；二是看在"跟"的前面
能否添加某個狀語。例如：

(3)臘梅跟水仙花都開了。
(4)＊水仙花老跟臘梅都開了。
(5)[?]老王跟小張借錢。(問號表示表面上可以，實際上語義
不同)
(6)小張老跟老王借錢。

第(3)句前後名詞互換位置而語義基本不變，但第(4)句"跟"前面不
能添加副詞"老"，說明"跟"是連詞。第(5)句前後名詞儘管可以互
換位置但語義改變了，第(6)句的"跟"可以接受"老"修飾，可見
這裏的"跟"是介詞。

四、"大學生"與"大學生了"

—— 語氣詞

"大學生"指的是一種身份，而"大學生了"則表示一種變化，意思是說原來不是大學生，現在成為大學生了。其中的區別就在於有無一個語氣詞"了"。"了"表示一種變化，一種新的情況的出現，比如"八十歲了"、"總經理了"、"老太太了"都有這個意思。不過不是任何名詞都可以添加"了"的。可以加"了"有兩類：

1、有順遞意義的。例如：

小學生了－中學生了－大學生了－碩士生了－博士生了……

一年級了－二年級了－三年級了－四年級了－五年級了……

2、有循環意義的。例如：

春天了－夏天了－秋天了－冬天了

一月了－二月了－三月了……十二月了

語氣詞主要出現在句子的末尾，表示某種特定的語氣。

一是表示疑問語氣，主要有：嗎、呢、吧；

二是表示感歎或祈使語氣，主要有：啊、吧；

三是表示肯定語氣，主要有：的、了。

其中特別需要注意的是兩點：

〔1〕語氣詞"的"和結構助詞"的"區別：

(1)他會來的。

(2)這是吃的。

第(1)例中的"的"是語氣詞，表示強調肯定；而第(2)例中的"的"是助詞，跟動詞"吃"一起構成一個"的字結構"。它們的區別有四點：

	的（助詞）	的（語氣詞）
形式	名詞性詞組／非名詞性詞組＋的	非名詞性詞組＋的
位置	短語末尾	句尾
刪去"的"	不能	可以
補出中心語	可以	不能

〔2〕**時態助詞"了"和語氣詞"了"的區別：**

(1) 一進門就看見了他。

(2) 下雨了。

(3) 太陽出來了。

第(1)例中的"了"是時態助詞，表示動作已經完成或實現，稱"的1"；(2)例中的"了"是語氣詞，表示新情況的出現，即原來並沒有下雨，現在提醒對方雨已經開始下了，稱"了2"；第(3)例中的"了"則比較特殊，它既表示新情況的出現，又表示動作的完成，所以可以看作是兩個"了"的重合體，寫作"了1＋2"。凡是緊接着名詞出現在句尾的"了"一定是語氣詞，凡是出現在句中動詞或形容詞後面的"了"一定是助詞，只有既在動詞或形容詞後面又在句尾的"了"則可能是"了1＋2"。

第8章 短語：
詞和句子的"中間站"

一、"進口汽車"的歧解
—— 偏正、聯合與同位

一位衣冠楚楚的先生走進某個公司的辦公室，第一句話就是："我要進口汽車！"公司的職員笑着問他："先生，您是要購買進口的汽車呢，還是要進口一批汽車？"顯然，"進口汽車"這一個短語有兩個含義：一是指"進口的汽車"，屬於偏正結構，二是指"進口某種汽車"，屬於動賓結構。這說明，同樣兩個詞語，同樣的詞序組合，卻可能產生兩種不同的結構關係。這並不是偶然的，類似這樣的情況還多得很。例如：

(1) 出口茶葉　學習文件（動賓／偏正）
(2) 學生家長　生物化學（聯合／偏正）
(3) 經濟困難　思維科學（主謂／偏正）

"詞"是構成句子的最基本的單位，但是，在"詞"與"句子"之間，還有一個語法單位，這就是"短語"，可以說它是兩者之間的

"中間站"。通常情況下，實詞可以單獨成句，實詞和實詞也可以組合成句，但我們所要表達的思想內容往往是比較複雜的，所以，詞與詞大都是首先構成短語，然後，詞和短語，或者短語與短語再構成句子。

兩個詞構成一個句法結構，這是一種"簡單短語"，現代漢語語法中主要有十二種最重要的短語類型，八種是以前後兩個實詞結構成分的句法關係來命名的：

〔1〕偏正短語　〔2〕聯合短語
〔3〕同位短語　〔4〕動賓短語
〔5〕後補短語　〔6〕兼語短語
〔7〕連動短語　〔8〕主謂短語

另外兩種短語是以詞類名稱來命名的，即"方位短語"和"數量短語"，最後兩種短語是實詞和虛詞相結合而成的"介詞短語"和"的字短語"。這十二種短語構成了現代漢語語法中句法結構的基本類型。

首先是"偏正短語"、"聯合短語"和"同位短語"。

〔1〕**偏正短語**：前面一個成分修飾後面一個成分，進行限制或描寫。它可以分為兩類：

(A)名詞性的偏正短語，前面的修飾語是"定語"可能帶"的"，也可能不帶。分別表示領屬、性質、質料、用途、數量、處所、時間等等。例如：

玻璃窗戶　　木頭椅子　　彩色圖片　乾淨衣服　一個朋友
他們的同學　香港的歷史　奇怪的來客　出發的時間
今天的報紙

（B）謂詞性的偏正短語，前面的修飾語是"狀語"，可能帶
"地"，也可能不帶，分別表示程度、方式等等。例如：

快寫　慢走　很好　極妙　已經達到　偶然發現　非常舒
服　十分熱烈
仔細地檢查　特別地美麗　手拉手地前進　排山倒海地湧來

〔2〕**聯合短語**：由兩個以上平等的成分構成，表示並列或選
擇。它可以分為三類。

（A）名詞性：弟弟妹妹　水果蔬菜　電影與電視　上海和香
　　　　　　　港
（B）動詞性：跑步游泳　又說又笑　討論並通過　散步或爬
　　　　　　　山
（C）形容詞性：聰明伶俐　又高又大　漂亮而賢惠　大方或
　　　　　　　　小氣

〔3〕**同位短語**：兩個名詞性成分疊用，所指同一個對象，它只
有名詞性的。例如：

首都北京　魯迅先生　寶島台灣　父子三人　哥哥王大林
我們自己　你們賣菜的　國慶節那天
及時雨宋江　他們夫妻倆

　　除了以上三種短語，其餘五種以結構關係命名的短語，都有一個共同的特點，那就是它們都是以動詞(形容詞)為核心構成的。這就好像是在太陽星系裏，地球等星體是圍繞着太陽在旋轉一樣。

二、動詞中心論
—— 動賓與動補

　　名詞、動詞、形容詞之間可以進行多種組合，其中名詞跟動詞的組合尤為重要。"名＋動"，構成主謂關係，例如"機器修理了"；"動＋名"，主要是動賓關係，例如"修理機器"，也可能是偏正關係，例如"修理中心"。在動詞謂語句裏，動詞是句子的核心，位置特別重要。動賓短語的類型是要根據賓語的類型來決定。根據賓語的特點可以分為兩類：

　　體詞性賓語(名詞和代詞)以及謂詞性賓語(動詞和形容詞)，有部分動詞能夠帶謂詞性賓語，是漢語的特點之一。這樣，動詞根據帶的賓語性質，可以分為三類：

　　〔1〕**體賓動詞**：只能帶體詞性賓語的動詞。例如：

　　借書　挖礦　修理汽車　打掃垃圾　運送貨物

　　〔2〕**謂賓動詞**：只能帶謂詞性賓語的動詞。例如：

　　禁止抽煙　懶得理他　覺得難受　喜歡乾淨

〔3〕**兼賓動詞**：既能帶體詞性賓語，也能帶謂詞性賓語的動詞。例如：

看球 / 看打球　學英語 / 學說英語　喜歡音樂 / 喜歡談音樂　承認學歷 / 承認偽造學歷

此外，我們還要特別關注兩種賓語情況比較特殊的動詞：

〔4〕**雙賓動詞**：可以帶有兩個賓語的動詞。主要是三類：

送你一本書　嫁他一個女兒　欠他一筆錢
買他一輛車　問他一個問題　教他一個方法

〔5〕**黏賓動詞**：必須帶着賓語，否則不能使用的動詞。例如：

具有重大意義　企圖越境　屬於新生代　成為專家

關於動補短語，補語通常是補充說明動詞中心語。關鍵也是看補語的類型，大體上可以分為以下幾種：

〔1〕**數量補語**：

來一次　敲三下　推一把　看一看　等了十分鐘

〔2〕**情態補語**：

吃得乾乾淨淨　氣得滿臉通紅　說得滴水不漏

〔3〕**結果補語**：

長大　變小　染紅　撑緊　說清楚　洗乾淨
聽懂　學會　說完　拿走　寫成　做到

〔4〕**趨向補語**：

飛上　跳下　走進來　跑出去　繞回來　說開去

〔5〕**可能補語**：

長得(不)大　說得(不)清楚　聽得(不)懂
說得(不)完　趕得(不)上　走得(不)進來

動補短語中，前面的成分主要是動詞，也可以是形容詞；補語同樣也只能是動詞性或者形容詞性的。

"今天我考得好"，這句話也可以有兩種不同的理解：一種意思是"我能夠考好"，這是一種可能，事實上還沒有考呢；另一種意思是說"我考得確實好"，是承認一種事實，已經考完了。"考得好"這樣的動補短語，前者是"可能補語"，後者是"情態補語"。兩者的區別可以通過下面幾個方面來區別：

考得好	可能補語	情態補語
語義上	能夠考好（將來時）	考的結果是好（現在時）
否定式	考不好	考得不好
疑問式	考得好考不好？	考得好不好？
擴展式	×	考得很好

三、"帶我坐飛機"是個"混血兒"
—— 連動、兼語與主謂

"(爺爺)帶我坐飛機"這句話，從句法結構上分析，是兼語短語跟連動短語的混血兒。兼語短語是指"一個動賓短語跟一個主謂短語套疊在一起"，也就是說，前面的賓語，也就是後面的主語，一身兼二職，所以叫做"兼語"。"帶我"和"我坐飛機"兩者交叉在一起，應該是兼語短語，可是，句子的大主語"爺爺"事實上也坐飛機，所以，這又是連動短語。

前後出現兩個動詞的句法結構中，如果前面一個動詞的受事賓語同時又是後面那個動詞的施事主語，那麼，它就是兼語短語；如果前後兩個動詞都是由同一個施事主語發出的，則為連動短語。上述的例句正巧都符合這兩個條件，因此，只能算作是個混血兒。

再比較下面兩個由動詞"有"構成的結構：

(1)　(他)有個妹妹很漂亮。
(2)　(他)有套房子可以住。
(3)　(他)有個女兒很驕傲。

第(1)例是兼語短語，第(2)例是連動短語。第(3)例就是歧義的，一種理解是兼語：他有個女兒＋這個女兒很驕傲；另外一種理解是連動：(因為)他有個女兒＋(所以)他很驕傲。

1、**兼語短語**：判斷兼語短語的關鍵是第一個動詞的性質，最典型的是具有"請求、使令"意義的動詞。例如：

請他來　讓我去　派小李採購　叫老王出差　命令部隊衝鋒　動員弟弟上場

這類動詞還有：

催、逼、勸、留、要、求、託、組織、阻止、發動、號召、鼓勵……

此外，表示"認定、稱謂"意義的動詞也可以構成兼語短語。例如：

選他為議員　叫他為大哥　認經理為乾爹　當他是好人

2、**連動短語**：兩個以上動詞或動詞性短語連用，前後的動作行為有目的或方式等關係。其關鍵是前後動詞的施事主語應該是同一個。連動短語的類型比較多，例如：

(1)上街買菜　走過去關上門
　　(動詞 2 是動詞 1 的目的)
(2)躺着看書　開了窗睡大覺
　　(動詞 1 是動詞 2 的方式)
(3)站着不走　拉着手不肯放
　　(動詞 1 和動詞 2 是正反同義補充)
(4)去上班　騎馬去　來作客　乘車來
　　(由"來、去"加上另外一個動詞)
(5)送一束花給她　買一本書給他
　　(由動詞加上"給"構成)
(6)倒一杯茶喝　買一張報紙看
　　(動詞 1 的賓語也同時是動詞 2 語義上的受事)

(7)有房子住　有希望去美國

　　（由"有"加上另外一個動詞構成）

3、**主謂短語**，前後成分之間有被陳述與陳述的關係。要特別引起注意的是：

第一，漢語裏的主語，可以是名詞、代詞，也可以是動詞、形容詞，而且還可以是其他各種短語，甚至包括主謂短語。例如：

(1)散步對身體有益。　　　　　　（動詞作主語）

(2)勤奮是中國人民的美德。　　　（形容詞作主語）

(3)踢足球已經成了一種時尚。　　（動賓短語作主語）

(4)請他來吃飯是我決定的。　　　（兼語短語作主語）

(5)上街買菜成了我每天的任務。　（連動短語作主語）

(6)他不去也可以。　　　　　　　（主謂短語作主語）

第二，主語跟句中主要謂語動詞的語義關係，一般是"施事"，但也可以是其他。例如：

(1)經理已經回家了。　　　　　　（主語表示施事）

(2)晚飯已經吃過了。　　　　　　（主語表示受事）

(3)那種藥，他很有研究。　　　　（主語表示對象）

(4)橋上站着一位姑娘。　　　　　（主語表示處所）

(5)今天晚上非常安靜。　　　　　（主語表示時間）

(6)這把刀可以切肉。　　　　　　（主語表示工具）

第三，主謂短語，不等於句子，它可以在一定的條件下成為句子，但也可以充當其他的句子成分，例如：

(1)水果我已經吃過了。　　　　　　（主謂短語作謂語）

(2)哭得她昏過去了。　　　　　　　（主謂短語作補語）

(3)我們希望你明天再來。　　　　　（主謂短語作賓語）

(4)他去日本留學的事可以商量。　　（主謂短語作定語）

(5)他考大學一定會成功。　　　　　（主謂短語作主語）

(6)面對面地站着。　　　　　　　　（主謂短語作狀語）

反過來，句子也不一定都是主謂短語形式，漢語中事實上存在着大量的非主謂句，甚至於是獨詞句。

四、"中間一豎，一邊兒一點"的陷阱
—— 數量與方位

　　有人用"中間一豎，一邊兒一點"這樣的字謎來捉弄人，如果你猜是個"卜"字，他就説應該是"小"字；如果你猜"小"字，他就説是個"卜"字，反正結果總是你錯。這是因為"一邊兒"這個數量短語在作主語時有兩種不同的理解。一是表示"每一邊兒"的意思，二是表示"有一邊兒"的意思。

　　所謂數量短語，就是數詞加上量詞所組成的短語，一般由名量詞構成的數量短語主要充當定語，也可作主語、賓語，或者謂語。例如：

(1)她裁了一條新褲子。　　　　　（作定語）

(2)一條是裙子。　　　　　　　　（作主語）

(3)她也買了一條。　　　　　　　　（作賓語）

(4)每個女孩一條。　　　　　　　　（作謂語）

　　數量短語重疊後，可以作狀語、定語或主語，但所表示的語法意義各不相同：

〔1〕作狀語：一步步走過去　一滴一滴地往下淌（表示“逐一”）

〔2〕作定語：一束束鮮花獻給老師　一封封來信都説好（表示“眾多”）

〔3〕作主語：一個個都生龍活虎　一張張都寫滿了字（表示“每一”）

由動量詞構成的數量短語主要是充當補語，如“看了一下”、“去了一趟”；有的也可以作定語或主語，如“一次會議”、“一頓便飯”，“一下就夠了”、“一場就花了好多錢”等。

　　跟數量短語類似的是方位短語，它由方位詞附在其他詞語（主要是名詞）的後面構成的，表示“處所、時間、範圍”。例如：

處所：桌子上　高樓下　黃河中間　學校以東

時間：寒假中　春節前　三月以後　暑假裏

範圍：七十歲以上　二十斤左右　三十米以內

有時，動詞也可以構成方位短語（語義上表示時間，而非處所）。例如：

開學以後　讀大學中間　出生之前

方位短語可以作主語、賓語、定語和狀語。例如：

(1) 牆上掛着一副對聯。　　　　　　(作主語)

(2) 姐姐就躺在牀上。　　　　　　　(作賓語)

(3) 抽屜裏的書都拿走了。　　　　　(作定語)

(4) 我們三天以後再見面。　　　　　(作狀語)

五、兩個"跟"連用的趣事
——介詞短語與的字短語

著名的語言學家趙元任先生有一次寫了一篇文章，題目是：

語言學跟跟語言學有關係的一些問題

報社連夜打電話來問趙先生，是不是有錯字？怎麼不大好懂啊？趙先生回答說沒有啊。他們又問，那麼，那兩個連在一起的"跟"字怎麼講？趙先生說："第一個是大'跟'字，是全題兩部分的總連詞；第二個是小'跟'字，是'跟語言學有關係'修飾語裏所需的介詞。""省了一個就唸不通了。"顯然，其中的"跟語言學"，就是一個由介詞跟它的賓語構成的介詞短語，在這裏是修飾"有關係"，而第一個"跟"則是連詞。

介詞的賓語，通常是名詞性的，但有時也可以是動詞性的。例如：

(1) 通過談判(達成了協定)。

(2) 以自由貿易(繁榮起來)。

介詞短語一般不能獨立成句，它總是黏附在其他句法結構的前面，除了修飾動詞性短語之外，還可以修飾整個句子。例如：

(1)關於語法問題，我們就談到這兒。

(2)在冬天，哈爾濱是冰天雪地，廣州卻溫暖如春。

另一個由虛詞構成的重要的短語是“的字短語”。例如：

你的就是我的，我的就是你的，咱倆還分甚麼家？

其中，“你的”、“我的”就是典型的“的字短語”。實詞中除了副詞以外，幾乎都可以在後面跟上助詞“的”構成“的字短語”，而且，幾乎所有的短語也都可以構成“的字短語”。例如：

〔1〕名詞＋的：

學校的　公司的　國家的　個人的　木頭的　歷史的

〔2〕代詞＋的：

大家的　他們的　這樣的　甚麼的　誰的　哪兒的

〔3〕動詞＋的：

出差的　等待的　結婚的　畢業的　吃的　玩的

〔4〕形容詞＋的：

清醒的　整齊的　善良的　雪白的　氣憤的　紅紅的

〔5〕區別詞＋的：

彩色的　民用的　初級的　男的　金的　正的　副的

〔6〕名詞性短語＋的：

香港和上海的　精神與物質的　歷史跟現實的

〔7〕動詞性短語＋的：

剛燒好的　教英文的　逼他走的　上街買菜的

〔8〕主謂短語＋的：

歷史已經證明的　我們不知道的　質量上等的

　　如果是及物動詞構成的"的字短語"，由於它可以替代施事或者受事，甚至替代工具，所以單獨使用就有可能產生歧義。例如：

(1)吃的(可能指吃的東西，也可能指吃的人)
(2)上課的(可以指講課的教師或聽課的學生)
(3)修理的(可以指修理工，拿東西來修理的人或者修理的東西)
(4)切的(可以指切的人，切的肉、菜或者切的刀)

　　"的字短語"只能充當主語、賓語，有時也可以作判斷句中的謂語，比如"這本書圖書館的"，但是，不能作狀語、補語，如果作定語，有時可能會誤解，例如："這是賣菜的(的)籃子"。

第9章 層次分析法：
多層樓房的立體透視

一、"打死老虎的人"是英雄還是狗熊？
—— 層次分析法的作用

"打死老虎的人"，請問，到底是英雄，還是狗熊？這個問題，不大好立刻回答，關鍵要看你如何分析這個句法結構了。起碼有兩種分析的結果：

(A1) 打死老虎的人

　　　　　　　偏正

　　　　　　　動賓

　　　　　　　動補

(A2) 打死老虎的人

　　　　　　　偏正

　　　　　　　動賓

　　　　　　　偏正

按第一種分析，這個人把活老虎打死了，顯然是英雄；按第二種分析，這個人是在打一隻死老虎，那當然只能是狗熊了。這麼一個短語，從表面來看，所用的詞語相同，排列的次序也相同，不同的只是句法結構內部的結合層次及其結構關係。

還有一個古老的笑話，有一個人去赴宴，看見席上有板鴨，恍然大悟，説道："以前我不知道鹹鴨蛋是哪兒來的，現在明白了，原來是鹹鴨生的！"眾客人聽了不禁啞然失笑。對於"鹹鴨蛋"正確與錯誤的兩種理解，可以用不同的結構層次組合來加以説明：

（B1）　　　鹹鴨蛋
　　　　　　　　偏正
　　　　　　　　偏正
（B2）　　　鹹鴨蛋
　　　　　　偏正
　　　　　　偏正

B1 的分析顯然是錯誤的，因為既然是"鹹鴨"，當然不可能生蛋了。

只有兩個詞構成的短語，叫做"簡單短語"，它只有一個層次，好像是一座平房，所以，也用不着進行層次分析。但在實際的語言生活中，我們所碰到的短語卻是比較複雜的，它往往有三個以上的詞語，在兩個以上的層次上進行組合，這就叫"複雜短語"，這就好比是多層的樓房，要想看清它的內部結構，就必須來一個"立體透視"，這種分析複雜短語最有效的方法就是"層次切分法"，俗稱"二分法"，正式的學名叫"直接成分分析法"。這種方法能揭示隱藏在表層結構後面的層次組合關係，好比數學上有這麼一個計算：

$$2 + 3 \times 5 = ?$$

(1) 　　　　$(2 + 3) \times 5 = 25$

(2) 　　　　$2 + (3 \times 5) = 17$

兩種不同的組合，所得到的結論也是不同的。語法結構中的組合也是這麼個道理。下面的句法結構都是歧義的，可是，運用層次分析法，就可以把它們區分開來。

(C1)偉大的詩人李白和杜甫

　　　　　　　　　　　　　　　　　同位

　　　　　偏正　　　　　　　　　　聯合

(C2)偉大的詩人李白和杜甫

　　　　　　　　　　　　　　　　　聯合

　　　　　　　　　　　　　　　　　同位

　　　　　　　　　　　　　　　　　偏正

(D1)關心弟弟的老師

　　　　　　　　　　　　　　　　　偏正

　　　　　　　　　　　　　　　　　動賓

(D2)關心弟弟的老師

　　　　　　　　　　　　　　　　　動賓

　　　　　　　　　　　　　　　　　偏正

(E1)他們三個一組

　　　　　　　　　　　　　　　　　主謂

　　　　　同位　　　　　　　　　　數量

　　　　　　　　　　　　　　　　　數量

(E2) 他們三個一組

		主謂
		主謂
數量		數量

二、三條原則三道關
── 層次分析法的原則

對一個多層次的複雜短語進行層次切分，必須遵循三個基本原則，也就是衡量層次切分是否正確的三道關卡：

1、結構原則：即切分開來的每一個成分都必須成為一個獨立的結構體。如果不成立，那麼，這個切分就可能是錯誤的。例如：

一本好書
(1)　　　　　　　　×
(2)　　　　　　　　✓
(3)　　　　　　　　×

第(1)種切分後，“本好書”不能構成一個結構單位，第(3)種切分後，“一本好”也不能構成一個結構單位，只有第(2)種切分，“一本”和“好書”都自成結構單位，所以，這一切分才是正確的。

第二，功能原則，即切分開來以後的結構單位按照漢語語法的規律應該可以重新組合起來，否則就是錯誤的。例如：

不少年

(1)　　　　　　×

(2)　　　　　　　　✓

　　"不"和"少年"，以及"不少"和"年"都自成結構單位，因此，都符合第一種原則，但是，根據第二種原則，第(1)種切分以後再組合時，副詞"不"不能修飾名詞"少年"，所以是錯誤的；而"不少"可以去修飾"年"，因此是正確的。

　　第三，意義原則，即切分以後的結構單位的重新組合要符合漢語的習慣，不能在語義上相悖。例如：

一位搶劫犯的辯護律師

(1)　　　　　　　　　　✓

(2)　　　　　　　　　　×

　　無論從結構原則，還是從功能原則上考察，這兩種切分都是成立的，但是，如果從語義上考察，就會發現，第(1)種切分才是正確，因為在漢語裏用量詞"位"是表示"尊稱"，去修飾"律師"當然是可以的，而在第(2)種切分裏，"一位"去修飾"搶劫犯"，顯然是不妥當的。

三、爸爸的爸爸的爸爸

—— 多層修飾語分析

層次切分的難點之一，就是一個中心語前面有兩個修飾語，比如 "ABC" 這麼一個複雜的偏正短語，它可以切分為 "A/BC"，也可以切分 "AB/C"，當然也可以切分為 "A＋B/C"。例如：

〔1〕A/BC

精彩的兒童書展

　　　　　　　　　　偏正
　　　　　　　　　　偏正

仔細地向他説明

　　　　　　　　　　偏正
　　　　　　　　　　偏正

〔2〕AB/C

你爸爸的朋友

　　　　　　　　　　偏正
　　　　　　　　　　偏正

很激動的辯論

　　　　　　　　　　偏正
　　　　　　　　　　偏正

〔3〕A＋B/C

爸爸和媽媽的臥室

　　　　　　　　　　偏正
　　　　　　　　　　聯合

輕鬆而調皮地問候

　　　　　　　　　　偏正
　　　　　　　　　　聯合

　　有的時候，第1和第2兩種切分都對，但是，表達的語義不同，這就叫"歧義結構"。例如：

（1）中國語言研究

（11）中國／語言研究　　　　（12）中國語言／研究

（2）中東石油價格

（21）中東／石油價格　　　　（22）中東石油／價格

（3）兩個銀行職員

（31）兩個／銀行職員　　　　（32）兩個銀行／職員

　　也有的時候，只有一種切分才是正確的，這時，就要特別小心。例如：

（1）爸爸的爸爸的爸爸
（2）魯鎮的酒店的格局

　　表面上看，兩種切分都對：

（11）爸爸的／爸爸的爸爸　✕
（21）魯鎮的／酒店的格局　✕
（12）爸爸的爸爸的／爸爸　✓
（22）魯鎮的酒店的／格局　✓

　　"爸爸的爸爸"等於"祖父"，用"祖父"來代入，"爸爸的祖父"和"祖父的爸爸"應該等值，但實際上，（11）（21）的切分是錯誤的，只有（12）（22）切分才是正確的。如果分析一下第（2）句例子，就不難發現，"魯鎮的酒店的格局"跟"酒店的格局"相近，而跟"魯鎮的格局"完全不同。顯然,只能切分為"魯鎮的酒店的／格局",而不能切分為"魯鎮的／酒店的格局"。同樣道理,下面的例子都只有一種分析是對的。

(1)新出產的錄象機的功能
(11)　　　　　　　　　　　　×
(12)　　　　　　　　　　　　✓
(2)新上市的香港產的彩電
(21)　　　　　　　　　　　　✓
(22)　　　　　　　　　　　　×

　　通過比較,就會發現,第(1)例只有(12)切分才是正確的,而(11)切分則是錯誤的,因為按(11)的切分,"新出產的"必須去修飾"……功能",這是不能成立的。第(2)例只有(21)切分才是對的,而(22)切分是錯誤的,因為按(22)切分,"新上市的"必須去修飾"香港產",這也是不能成立的。而按另一種切分,"新出產的錄像機"與"錄像機的功能","新上市的彩電"與"香港產的彩電"都是能夠成立的。

四、圓圓地畫了一個圈
——"狀動賓"結構分析

　　《阿Q正傳》裏的阿Q,連自己的名字也不會寫,只好在供詞記錄上"圓圓地畫了一個圈",來代替簽名。那麼,"圓圓地畫了一個圈"究竟應該分析成"圓圓地／畫了一個圈"還是"圓圓地畫了／一個圈"呢？

層次切分的難點之二，就是"狀語＋動詞＋賓語"這種結構的分析。因為它事實上也存在着兩種分析的可能性：

〔1〕　A/BC
〔2〕　AB/C

情況的複雜性還在於：有的只能是第〔1〕種切分，有的只能第〔2〕種切分；有的兩種切分都可以，但意義不一樣；也有的雖然有兩種切分，但意義卻是相同的。

第一，只能作第〔1〕種切分：

A.	把他 / 叫大哥	被壞人 / 扎一刀
	*把他叫 / 大哥	*被壞人扎 / 一刀
B.	馬上 / 加以制止	已經 / 成為朋友
	*馬上加以 / 制止	*已經成為 / 朋友
C.	圓圓地 / 畫了一個圈	很 / 有學問
	*圓圓地畫了 / 一個圈	*很有 / 學問
	盡 / 笑話我們	偏偏 / 得了頭獎
	*盡笑話 / 我們	*偏偏得了 / 頭獎

這是因為 A 類中，介詞短語所修飾的動詞性結構不能是單獨的動詞，而必須是複雜的，"把他叫"和"被壞人扎"都無法成立；B類中，這些粘賓動詞必須帶着賓語，換句話說，離開了賓語，這種動詞無法獨立使用。如"加以、成為、懶得、覺得、打算、主張、渴望、嚴加、致以"等等；C類中，前面狀語不能單獨去修飾後面的動

詞，而只能去修飾整個兒動賓短語。

第二，只能作第〔2〕種切分：

長住／這兒	光喝／稀飯	緊靠／欄杆
＊長／住這兒	＊光／喝稀飯	＊緊／靠欄杆
歪戴／帽子	淨想／好事	
＊歪／戴帽子	＊淨／想好事	

這是因為單音節的副詞或形容詞跟單音節的動詞結合得比較緊密，在語音形式上，很難把前面的狀語先切出來。

第三，第〔1〕種切分和第〔2〕種切分都可以，但是語義有區別。例如：

不／按時澆水
（意思是不澆水，"不"否定的是"澆水"）
不按時／澆水
（意義是儘管澆水，但並不按時，"不"否定的是"按時"）

第四，兩種切分都可以，而且語義也相同，這叫做"多切分結構"。例如：

很／想念家鄉	努力／學習英語
很想念／家鄉	努力學習／英語

如果說有甚麼區別，那也只是語用上的不同。比如：

怎麼學習外語？	努力／學習外語。
努力學習甚麼？	努力學習／外語。

第10章 句型：
在無數合法句子的背後

一、小孩子是怎麼學説話的？
—— 句型的形成

如果你家裏或者鄰居家有小小孩兒，你可以觀察一下他是怎麼學説話的。開始，他的媽媽會教給他説一句簡單的話語，比如讓孩子提出一個要求："亮亮要吃糖糖。"後來，碰到他要媽媽抱，年輕的媽媽就會説："媽媽要洗菜菜。"婉轉地拒絕了他的要求……經過幾次這樣的教導，小孩兒就會模仿着説出他以前從來也沒有聽到過，也從來沒有説過的，對他來説是完全嶄新的話語：

姐姐要寫字字　奶奶要上街街
爺爺要抽煙煙　爸爸要開車車

一個小孩子學説話時，都是先從模仿大人説話開始的。他之所以能夠"創造"出一系列合法的句子出來，首先作為人類的一分子，從遺傳就先天地就具備了"生成語言的能力"，然後，通過後天的學習，喚醒了這種本來潛在着的語言能力。同時，在這些合法句子的背後，事實上存在着一個具有能夠生成無數合法句子的"模式"，例如上述句子可以歸納為這麼一個模式：

人稱名詞＋表示願望的助動詞＋動作動詞＋具體事物名詞的重疊式

如果把以上的模式再進一步的抽象，用語法學的術語來描寫，這就構成了所謂的"句型"：

主語＋謂語動詞＋賓語（動賓謂語句）

作為句型，它首先具有"抽象性"和"生成性"這麼兩個顯著的特點。漢語的句型系統當然跟英語或其他語言的句型系統是不相同的。應該承認，世界上各種語言的句型，既有相同的地方，也有不同的特點。漢語語法要受到漢民族的文化和心理的制約，所以，具有"民族性"是理所當然的。此外，它還具有"系統性"和"層次性"，因為句型不是一個個孤立的，而是形成一個相互制約、相互聯繫的系統網路，這個系統網路不是擠在同一個平面上，而是分佈在不同的層次上。因此，總的來說，句型應該具有"抽象性"、"生成性"、"民族性"、"系統性"和"層次性"這五個特點。

漢語的句型系統是按照句內部結構關係和功能特點來建立的，它大體上可以分為四個層次，其中，以動詞性謂語句內部再分出的六種小句型最為重要。

第一層次分為"單句"和"複句"（複句句型本節暫不討論）；第二層次把單句分為"非主謂句"和"主謂句"；第三層次再按語法功

能分類；第四層次只有"動詞性謂語句"再分出小類來。下面是單句的句型系統。

（A）非主謂句：

A1 名詞性非謂語句：好漂亮的小女孩！

A2 動詞性非謂語句：請勿抽煙！

A3 形容詞性非謂語句：熱得叫人受不了。

（B）主謂句

B1 名詞性謂語句：今天星期天。

B2 動詞性謂語句

　　B2.1 動詞謂語句：飛機起飛了。

　　B2.2 動賓謂語句：我想去上海。

　　B2.3 動補謂語句：車子已經修好了。

　　B2.4 連動謂語句：他乘飛機去廣州。

　　B2.5 兼語謂語句：公司提升他為副總經理。

　　B2.6 主謂謂語句：這些詞典他全都查過了。

B3 形容詞性主謂句：這件衣服非常時髦。

　　漢語單句一共有十四種大小句型。真正合法的被以漢語為母語的人們所普遍接受的句子，除了句型，還有更為重要的語義以及語用等問題。句型只是句子合法不合法的條件之一。

二、掃除周邊，發起總攻

—— 確定句型的方法

分析句型，有點兒像打仗。在發起總攻之前，必須首先把一些圍繞着句型的其他修飾性的、提示性的成分清除掉，通俗地說，就是先把週邊的鐵絲網、崗樓、地堡、壕溝等等的"輔助工事"徹底清除，然後，才可能徹徹底底地向對方的核心工事發起總攻。否則，必然會影響到總攻的質量。

"句型成分"就好比"核心工事"，而"非句型成分"就是那些"輔助工事"，下面一些因素都是"非句型成分"。

第一，表示語氣的成分，包括"語調、重音、語氣詞"等，句型分析不予考慮。試比較：

(1)咱們去北京了。

(2)咱們去北京嗎？

(3)咱們去北京吧！

這三個句子，雖然句類不同，(1)為陳述句，(2)為疑問句，(3)為祈使句，但從句型上看，卻是相同的，都是動賓謂語句。

第二，功能相同的詞語的替換，不影響句型。例如：

(1)我畫完了。

(2)你說好了。

(3)他印成了。

"我"、"你"、"他"可以同功能替換，同理，"畫"、"說"、"印"以及“完”、“好”、“成”也都可以進行替換。所以，這三個句子都屬於“主謂句”中的“動補謂語句”。有的同功能詞語如果不能替換，那是因為詞義不相匹配的緣故，而從根本上講，也是由於詞的小類不相同。

第三，句中的狀語或者定語，一般情況下，也不大影響句型。例如：

(1)哥哥上大學了。

(2)他的哥哥上大學了。

(3)他的哥哥已經上大學了。

第(1)句是動賓謂語句，第(2)句的主語擴展為“他的哥哥”，多了個定語，但是，仍然是動賓謂語句，第(3)句比第(2)句又多了個狀語“已經”，但是，從句型上講，仍然是動賓謂語句。因此，原則上講，定語和狀語，跟句型無關。

不過，事實上，在某些句子裏，如果少了定語，或者狀語，句子就不能成立。這時，定語和狀語，就對句型有一定的作用。例如：

(1)他中國人。——*他人。(少了定語，句子不成立)

(2)海上一片霧氣。——*海上霧氣。(少了定語，句子不成立)

(3)體現了民主的作風。——*體現了作風。(少了定語，句子不成立)

(4)他也是為人家着想。——*他也是着想。(少了狀語，句子不成立)

　　第四，句子的特殊成分不影響句型。鑒定一個句子的句型，主要看它的基本成分，至於它的一些附件，例如"提示成分"和"獨立成分"，就象戒指、項鏈、耳環等裝飾品一樣，雖然對句子的語義表達也有重要作用，但跟句型顯然無關。

　　第五，省略也不影響句型。所謂"省略"，是指在一定的語境中少掉一些句子的成分，但是，它都可以補出來，而且，所補的成分是沒有爭議的。例如：

　　(1)您想喝點兒甚麼？喝點兒咖啡。
　　(2)他已經離開中國，在加拿大定居開店了。

第(1)句中的回答是承上面的問句而來，所以，主語可以省略，"喝點兒咖啡"仍然是個"動賓謂語句"；第(2)句的後一分句，承上句而來，所以，主語也省略了，"在加拿大定居開店了"是個"連動謂語句"。

　　第六，句子成分在具體的交際場合中的"移位"，也不影響句型。例如：

　　(1)你快走吧！
　　(2)快走吧，你！

　　顯然，第(2)句的主語和謂語互換了位置，形成倒裝句，但它跟第(1)句的句型一樣，都應該是"動詞謂語句"。

三、你看他們打架了是不是？

── 獨立成分與提示成分

"你看他們打架了是不是？"這句話可以有兩種不同的說法，相應的也有兩種不同的標點法：

(1)你看他們打架了，是不是？
(2)你看，他們打架了是不是？

在第(1)句中，"他們打架"是充當動詞"看"的賓語，後面的"是不是"是個附加問；第(2)句中，"你看"是個游離於句子結構之外的"獨立成分"，目的是提醒對方要注意某種情況。

獨立成分是句子的一種特殊成分，它的特點主要是：

第一，位置比較靈活，可以出現在句首、句中，或者句尾。因為常常出現在句中，所以又叫"插入語"。

第二，它往往是由一些固定的詞語構成，所以，辨別起來比較容易。

第三，它在結構上，對句子來說，雖然並不是必不可少的，但在語義表達上卻常常是至關重要的。

第四，從語義表達上分類，大體上可以分為：

〔1〕呼喚：人名或稱謂、喂、哎……
〔2〕應答：哎、嗯、啊、是、對、好、行……
〔3〕感歎：天哪、媽呀、嘿、哈、唉、唉呀、哎呀、哎喲……
〔4〕提醒：你看、你想、你聽、你猜……
〔5〕表態：我看、我想、我猜、我以為……

〔6〕推測：看起來、看樣子、説不定、充其量、大不了……

〔7〕強調：毫無疑問、説真的、老實説、不用説、沒問題……

〔8〕來源：據説、聽説、相傳、據報導……

〔9〕補充：比如、例如、也就是説、換言之……

〔10〕總括：總之、總而言之、總的來説、一句話……

跟"獨立成分"相類似的句子特殊成分是"提示成分"。提示成分一定是名詞性的，主要出現在句子的前面，有時也可以出現在句子的後頭，而句中總是有一個成分在語義上跟這個提示成分所指同一。試比較以下兩例：

(1)在《紅樓夢》中，我最欣賞晴雯這個人物。

(2)晴雯，她是《紅樓夢》中一個非常有個性的人物。

第(1)句中，"晴雯這個人物"是個同位短語，充當句中的賓語；而第(2)句中，"晴雯"是提示成分，句中有"她"作主語來同義指稱。

提示成分有兩類：

〔1〕稱代式：句中有某個代詞來指代句子前面或後面的提示成分，這個代詞可以充當主語、賓語或定語。例如：

(1)春節，這是中國最隆重的傳統節日。（代詞在句中作主語）

(2)那位先生，我早就認識他了。（代詞在句中作賓語）

(3)英國來的那位客人，他的發言很有意思。（代詞在句中作定語）

〔2〕總分式：提示成分跟句中的複指成分是一種總説與分説的關係。提示成分可能是總説，也可能是分説。例如：

(1)牆上掛着的兩幅畫，一幅是油畫，一幅是國畫。(提示成分是總説)

(2)中文系有兩個專業：文學、語言。(提示成分是分説)

無論“獨立成分”還是“提示成分”，都跟句型無關，它們實際上屬於語用平面。

第11章 句類：
古詩《相思》的啟迪

一、句類系統的"四大金剛"
—— 陳述句、疑問句、祈使句與感歎句

唐代著名的詩人王維寫過一首膾炙人口的愛情詩《相思》：

> 紅豆生南國，春來發幾枝？
> 願君多採擷，此物最相思！

這首五言絕句，從語言交際的角度考察，恰好分別屬於四種句類，也就是句類系統的四大金剛：第一句是陳述句，第二句是疑問句，第三句是祈使句，第四句是感歎句。

所謂"句類"，指根據語言的交際功能分出來的句子類別。句類和句型不同，相同的句類很可能屬於不同的句型；反過來，相同的句型也可能屬於不同的句類。例如：

(1)今天是星期天。(陳述句 —— 語調平直，結尾處略降，書面上句末用句號表示停頓)

(2)今天是星期天？(疑問句 —— 語調句尾上揚，書面上句

末用問號來表示這一語氣）

(3)今天是星期天！（感歎句──語調整個兒抬高，句尾拉長，書面上句末用感歎號來表示）

　　我們平時交際使用最多的是陳述句，它主要是用來敍述一個事情，説明、解釋或描寫某種情況。陳述句有兩種形式：肯定式和否定式。

　　肯定式一般沒有特別的標記，叫做“無標記”，或者“零形式”，換句話説，就是句中沒有否定詞語出現的句子就是肯定式。但是，肯定式的語氣有“委婉”與“強調”的區別。

　　如果要表示“委婉”語氣，就要借助於一些副詞或助動詞。例如：

(1)李小姐也許去北京了。（副詞“也許”表示委婉性估測）

(2)徐先生大概去北京了。（副詞“大概”表示委婉性估測）

(3)趙廠長可能去北京了。（助動詞“可能”表示委婉性估測）

　　如果表示“強調”語氣，在口語中可以利用“重音”來顯示不同的強調點，例如：

(1)ˊ王先生明天乘飛機去上海。

(2)王先生ˊ明天乘飛機去上海。

(3)王先生明天ˊ乘飛機去上海。

(4)王先生明天乘飛機ˊ去上海。

　　在書面語中，經常利用副詞“是”（必須“重讀”）來顯示其後面緊跟的詞語即是所強調的對象。例如：

(1)是王先生明天乘飛機去上海。
(2)王先生是明天乘飛機去上海。
(3)王先生明天是乘飛機去上海。
(4)王先生明天乘飛機是去上海。

否定式都必須有否定詞出現，最常用的是"不"和"沒有"。它們倆在用法上各有特點，分工明確。

第一，副詞"不"只能否定動詞和形容詞，不能否定名詞。"沒有"是兼類，作為動詞可以帶上名詞賓語，作為副詞可以修飾動詞，一般不修飾形容詞(除了少數具有變化意義的形容詞)。例如：

　　* 不假期 —— 沒有假期(名詞)
　　不打掃 —— 沒有打掃(動詞)
　　不暖和 —— 沒有暖和(形容詞)
　　不大方 —— * 沒有大方(形容詞)

第二，"不"表示一種主觀的態度，"沒有"表示一種客觀的情況。例如：

今天我不去 —— 今天我沒有去
現在我不結婚 —— 現在我沒結婚

第三，"不"可用於過去、現在和將來；而"沒有"因為指的是一種客觀的存在，所以只限於過去和現在，而不能用於將來。例如：

他以前不答應，現在不答應，將來也不答應。
他以前沒答應，現在沒答應，(*將來也沒答應)。

　　第四，"不"和助動詞配合沒有限制；而"沒有"只能跟助動詞中的"能、能夠、要、敢、肯"配合。

　　區別動詞"沒有"與副詞"沒有"主要依靠以下三點：

	動詞"沒有"	副詞"沒有"
後接詞類	名詞：沒有錢	動詞：沒有吃飯
肯定式	有錢	吃了飯了　　*有吃飯
提問式	有沒有錢？	吃飯了沒有？　*有沒有吃飯
變換句	錢沒有	飯沒有吃　　*吃飯沒有

　　否定式也可以表示"委婉"的語氣。例如：

(1)不大理解 —— 不太同意
(2)不怎麼贊成 —— 不十分欣賞

　　否定之否定，叫"雙重否定"。它的作用有兩個：

　　一是加強肯定，語氣比較堅決。例如：

(1)沒有一個人不佩服(＞人人都佩服)
(2)他是非上訴不可(＞他一定要上訴)

一部分助動詞構成的"不 X 不"格式就屬於這一類，如"不應該不、不要不、不敢不、不肯不"；此外一些雙重否定的成語也是如此：攻無不克、戰無不勝、無孔不入、無奇不有、無所不包、無微不至、無惡不作……

　　二是減弱肯定，語氣比較和緩。例如：

(1)他不是沒有力量，只是不想出力罷了。(＜有力量)

(2)這個想法不無可取之處。(<有可取之處)

另一部分助動詞構成的"不X不"格式則屬於這一類,如"不能不、不可不、不可以不、不會不"。

二、一段台詞,三種問句
—— 是非問、特指問與選擇問

曹禺著名話劇《日出》的女主人公陳白露有這麼一段台詞:

"還在打麼?她早就說不肯打了。怎麼?輸了贏了?"(《曹禺選集》)

這短短的一段話裏正巧有三個疑問句,而且分別屬於三種疑問句類型,可謂一波三折,情趣盎然:

〔1〕是非問句:還在打麼?
〔2〕特指問句:怎麼?
〔3〕選擇問句:輸了贏了?

疑問句的使用頻率僅次於陳述句,而且它的品種也相當豐富。疑問句從來源上講,跟陳述句有着千絲萬縷的聯繫;從結構上看,又有着自己獨特的形式和標記;從語氣來考察,更是有許多微妙的變化;而從作用來說,也呈現出千姿百態的功能。

〔1〕是非問:
它跟一般陳述句在結構形式上是完全一致的,區別僅僅在於語

氣的不同。這包括"語氣詞"和"語調"兩個方面。

> 王先生今天來上班了。（陳述句，降調）
> 王先生今天來上班了？（疑問句，升調）
> 王先生今天來上班了嗎？（疑問句，語調可升，也可降）

因此，該句子類型的疑問信息顯然是由"語調"或者疑問語氣詞"嗎"分別來承擔的，兩者必須出現一個。疑問語氣詞，絕對不能用"呢"，但還可以用"吧"，表示"半信半疑"，比用"嗎"語氣更加肯定一些。試比較：

> (1) 從這兒到海濱公園有五里地嗎？（基本不知，有疑而問）
> (2) 從這兒到海濱公園有五里地吧？（大概知道，不敢肯定）

其回答往往是簡單的肯定或否定："是"、"不是"、"對"、"不對"等等。

〔2〕**特指問**：

一個陳述句中的每一項，都可以對它提出疑問。這類句子就用疑問代詞來承擔疑問信息。例如：

> (1) 王先生今天乘飛機去香港。（陳述句）
> (2) 誰今天乘飛機去香港？（針對"施動者"提問）
> (3) 王先生甚麼時候乘飛機去香港？（針對"時間"提問）
> (4) 王先生今天怎麼去香港？（針對"方式"提問）
> (5) 王先生今天乘飛機去哪兒？（針對"地點"提問）

因為有了疑問代詞來承擔疑問信息，所以，句子的語調可升也可降，語氣詞可用也可不用。如果要用語氣詞，則只能用"呢"，絕對不能用"嗎"、"吧"。同時，它要求針對疑問代詞進行回答。

　　要特別注意的是兩種特殊的"特指疑問句"，也叫"簡略特指問句"：

　　第一，"名詞或名詞性短語＋呢？"例如：

(1) 鳳：老爺呢？

　　萍：在大廳裏會客呢。(《曹禺選集》)

(2) 順：新搬來的那孩子呢？

　　翠：你説小翠？在屋裏。(《曹禺選集》)

這類問句通常問的是"處所"，如果有其他的上文，問甚麼要受上文制約。例如：

(1) 翠：侍候哪位？

　　胡：我！

　　翠：我這位妹子呢？

　　胡：也是我。(《曹禺選集》)

"我這位妹子呢？"根據上文，可推知問的是"我這位妹子侍候哪位？"

　　第二，"動詞或動詞性短語＋呢？"例如：

(1) 蘩：別人知道了説閒話呢？

　　沖：那我更不放在心上。(《曹禺選集》)

(2) 仇：我要走了呢？

　　花：跟着你走。(曹禺《原野》)

這類問句總是提出一種假設的情況來問，"如果……，那麼怎麼辦？"因此，常常有連詞"如果"、"要是"、"萬一"等伴隨着一起出現。

〔3〕**選擇問**：

選擇問有兩種：

(A)一般選擇問，提出兩項以上並列結構，供對方選擇。例如：

(1)簡單地說，還是詳細地說？(《老舍劇作選》)

(2)金小姐來點甚麼？可樂？雪碧？"紅娘子"？(《皇城根》)

(B)正反選擇問，提出肯定與否定的兩項，供對方選擇。例如：

(1)啊！你願意不願意？(《老舍劇作選》)

(2)媽媽有消息沒有？(《老舍劇作選》)

其疑問信息由並列的疑問結構承擔，所以跟特指問句一樣，語調可升也可降，語氣詞可用也可不用；如果使用語氣詞，也只能用"呢"，不能用"嗎"、"吧"。回答則要求從中選擇一項。

疑問句的特殊用法，主要是指"反問"。它用的是疑問句的形式，其實，說話人心中早就有了明確的看法，並不要求對方回答。一般地說，反問句的肯定形式表示否定意思，而否定形式則表示肯定意思。這三類疑問句都可以構成"反問句"，但以"是非問"和"特指問"為主。例如：

〔1〕是非問：

您比誰不精明，我敢撒謊嗎？《老舍劇作選》（意思是：您比誰都精明）

〔2〕特指問：

那你問你家裏去，我哪兒知道？《曹禺選集》（意思是：我不知道）

〔3〕選擇問：

看看咱們這個地方，是有個乾淨的廁所，還是乾淨的道兒？《老舍劇作選》（意思是都沒有）

三、"可憐！可憐！"不等於"可憐可憐！"
—— 感歎句與祈使句

魯迅著名的短篇小説《藥》裏有一段對比很深刻的描寫：

（康大叔在談到革命者夏瑜關在監牢裏還要勸説阿義造反時説）

"他這賤骨頭打不怕，還要説可憐可憐哩。"

花白鬍子的人説，"打了這種東西，有甚麼可憐呢？"

康大叔顯出看不大上的樣子，冷笑着説，"你沒有聽清我的話；看他的神氣，是説阿義可憐哩！"

夏瑜説的是"可憐！可憐！"，而花白鬍子的人卻錯聽為"可憐可憐！"前者是革命的先驅者對當時還處於愚昧狀態的落後群眾的一種感歎，後者則是動詞重疊的祈使句，是一些人對夏瑜説的話的一種誤解，顯然這是兩種完全不同的句類。

祈使句，表示"請求、命令、商量、警告、勸阻"等意思。它有幾個明顯的特點：

〔1〕主語往往是第二人稱代詞"你"、"您"、"你們"，或者複數第一人稱代詞"我們"、"咱們"，而且主語常常因為語境的制約，可以省略不說。

(1) 蘩：四鳳，你給二少爺拿一瓶汽水。(《曹禺選集》)

(2) 蘩：太不好喝，倒了它。(《曹禺選集》)

〔2〕謂語主要由表示動作、行為的動詞充當。但是有部分形容詞也可以構成祈使句。例如：

謙虛一點兒！　　大方一點兒！　　勇敢一點兒！
自覺一點兒　　　簡單一點兒！　　具體一點兒！
小一點兒！　　　高一點兒！

〔3〕否定形式為：

別走！　　　甭走！　　　別看！　　　甭看！
不要抽煙！　不許塗寫！　不准改動！

感歎句，表示"讚歎、感慨、喜愛，不滿、譏諷、呵斥、憤怒"等形形色色的感情色彩。一類是有特殊標記的，如使用副詞"太、好、多(多麼)"以及指示代詞"這麼、那麼"，也可以在句尾使用語氣詞。例如：

(1) 太棒了！

(2) 好漂亮的房子！

(3) 這孩子多聰明！

(4) 他是那麼不爭氣！

(5) 天哪！

(6) 天氣真好哇！

另一類是沒有明顯的標記的，這主要依靠語調，在某處顯得特別高昂，句尾往往有拖音，語域較寬。至於表達甚麼樣的感情，這要受句子意義以及具體語境的制約。例如：

(1) 我不明白！

(2) 今天是星期天！

第12章 句式：
八仙過海，各顯神通

一、小孩兒乖乖，把門兒開開！
—— 把字句

童話《狼外婆》裏，大灰狼僞裝成小山羊的老外婆，想把門騙開，牠就是這樣假惺惺地叫的："小孩兒乖乖，把門兒開開！"其中，"把門兒開開"是典型的"把"字句。

漢語裏有許多富有魅力的特殊句式，大體上可以分爲三類：

〔1〕有特定的詞語標誌，如"把"字句、"被"字句，以及"比"字句、"對"字句、"給"字句、"是"字句、"有"字句等等。

〔2〕有特殊的結構形式，如雙賓語句、主謂謂語句、連動句、兼語句、重動句等等。

〔3〕有特定的語法意義，如存現句、被動句、使動句、處置句、比較句、遞進句等等。

"把"字句就是漢語所特有的常用句式之一，介詞"把"引進跟動詞有關的對象，主要是"受事"。例如：

(1) 請大家把書本翻開。

(2) 中國隊把古巴隊打敗了。

這裏可以理解為表示的語法意義是"處置"。但是,"把"的賓語並不局限於動詞的受事,也可以引進工具、處所、影響對象、甚至於是使動者、施事。例如:

(1) 這孩子老吃糖,把牙齒都吃壞了。(表示工具)

(2) 他忙了老半天,把院子打掃得乾乾淨淨的。(表示處所)

(3) 老人咳個不停,把大家都咳醒了。(表示影響對象)

(4) 這個活兒太辛苦,把他累得腰都直不起來。(表示使動者)

(5) 那警察一不小心,把個犯人給跑了。(表示施事)

這裏,用"把"把説話者認為受動作行為影響最深最需要關注的對象提出來,並且表示"致使"的結果是甚麼。例如(1)"吃糖"的結果是導致"牙壞了";(2)"打掃院子"的結果是使得"院子乾乾淨淨的"。

"把"字句在句法結構上的最基本要求是謂語部分的動詞必須是複雜的,不能是單獨的動詞。因此,最常見的是動詞帶着表示"結果"的補語,當然也可以帶着賓語,或者有狀語修飾,最起碼也要帶着助詞"了、着、過"。例如:

(1) 他把鋼筆弄壞了。(帶着補語)

(2) 他把老虎打瞎了眼。(帶着賓語)

(3) 他把旗子一揮。(帶着狀語)

(4) 他把房子賣了。(帶着助詞)

二、孫悟空叫唐僧唸了三遍咒語

—— 被字句

《西遊記》中，唐僧經常錯怪孫悟空，動輒"孫悟空叫唐僧唸了三遍咒語"，以此來懲罰他。"孫悟空叫唐僧唸了三遍咒語"這句話裏的"叫"是"被動"義的介詞，全句是"被"字句，意思是"孫悟空被唐僧怎麼樣了"。如果離開了具體的語境，這句話也可能是另一層意思，即"叫"是"使令"義的動詞，全句是兼語句，意思是"孫悟空指使唐僧幹了甚麼"，顯然，這是個歧義句式。作為介詞，在書面上，用"被"比較普遍；而在口語中，則用"叫"、"給"、"讓"比較常見。

"中國隊把古巴隊打敗了"也可以説成"古巴隊被中國隊打敗了"。一個是"把"字句，一個是"被"字句。"把"字句引進的主要是"受事"，而"被"字句主要是引進跟動詞有關的"施事"。這個施事主語，如果是上文已經提到過的，或者是人所皆知的，或者是講不清楚的，也可以隱含不説出來。例如：

(1) 桌上露出個釘頭，一不小心，衣服就被鈎了個口子。(施事已見上文)

(2) 那個詐騙犯已經被逮捕了。(施事不言而喻)

(3) 錢包被偷了。(施事講不清楚)

其實"被"字引進的不一定就是施事，例如：

(1) 他被自己的想法嚇壞了。

(2)老槐樹被風雨抽打了一夜。

(3)他被門檻絆了一下。

(1)"自己的想法"、(2)"風雨"、(3)"門檻"當然都不是嚴格意義的施事，其實都可以理解為發生某個動作行為或事件的"動因"。我們可以把它們叫做"準施事"。

漢語中的"被"字句往往表示不如意、不愉快的事，比如：

被小偷偷了　被雨淋濕了　被車撞了　被老師批評了……

但現在有時也可以用來表示一些愉快的事。例如：

被北京大學錄取了　被選為正式代表　被授予五一勞動勳章……

在句法結構上，它跟"把"字句一樣，要求謂語部分是複雜的，動詞一定要帶着補語、賓語、狀語，或者助詞"了、着、過"等。但是不如"把"字句要求那麼嚴格。

三、斜對門豆腐店裏坐着一個楊二嫂
—— 存現句

魯迅先生的短篇小説《故鄉》中，有一個綽號是"豆腐西施"的"楊二嫂"，作者是這樣寫的：

斜對門豆腐店裏(確乎終日)坐着一個楊二嫂。

這個句子，從句式角度來看，是個典型的"存現句"。存現句的特點是在句法結構上必須是："處所詞＋動詞＋(數量短語)＋名詞"。它可以分為三類：

〔1〕表示存在：窗台上放着一盆花兒。

〔2〕表示出現：房間裏飛進來一隻蜜蜂。

〔3〕表示消失：鄰居家死了一條哈巴狗。

表示"存在"的"存現句"比較複雜，又有靜態與動態之分。例如：

A. 台上坐着主席團→主席團坐在台上→＊台上正在坐着主席團

　　牀上躺着病人→病人躺在牀上→＊牀上正在躺着病人

　　樹上結着蘋果→蘋果結在樹上→＊樹上正在結着蘋果

　　牆上掛着畫兒→畫兒掛在牆上→＊牆上正在掛着畫兒

B. 台上唱着戲→＊戲唱在台上→台上正在唱着戲

　　屋裏開着會→＊會開在屋裏→屋裏正在開着會

　　外頭下着雨→＊雨下在外頭→外頭正在下着雨

　　心裏惦記着孩子→＊孩子惦記在心裏→心裏正在惦記着孩子

　　表示"靜態"的 A 句式，可以説成"主席團坐在台上"，但不能説成"台上正在坐着主席團"；而表示"動態"的句式可以説成"台上正在唱着戲"，卻不能説成"戲唱在台上"。上面兩組例子的不同變化方式，説明 A 組是靜態的存在，B 組是動態的進行。

四、送我一朵玫瑰花
—— 雙賓語句

"送我一朵玫瑰花"是中國少數民族的優秀歌曲，據説是王洛賓的作品，它那優美的旋律傾倒了多少少男少女。這句歌詞從句法結構上分析，就是一個典型的雙賓語句。

"借他一本語法書"這句話則是歧義的，一個意思是説"借給他一本語法書"，另一個意思是説"向他借了一本語法書"。一個是借出，一個是借進。但從句法結構上分析，也是雙賓語句。

所謂"雙賓語句"，是指一個動詞同時帶有兩個賓語，如上例中的"我"就是"近賓語"，往往是由指人的名詞或代詞充當，"一朵玫瑰花"是"遠賓語"，往往由指物的名詞充當。產生雙賓語句的原因，是某個動作，除了施事、與事之外，還涉及到第三者，可見，構成雙賓語句的關鍵是動詞的類別，大體上有三類：

〔1〕**表示"給予"意義的動詞**。例如：

送、賣、還、遞、賠、賞、輸、教、付、補、發、贈、獻、交、退、撥、給、借1、租1、換1……

這類句式可以變換為"給"字句、"把"字句：

他送我一朵玫瑰花→他送給我一朵玫瑰花→他把一朵玫瑰花送給我

我借他一本語法書→我借給他一本語法書→我把一本語法書借給他

〔2〕**表示"取得"意義的動詞**。例如：

收、買、偷、騙、拐、贏、要、搶、扣、借2、租2、換2
……

這類句式中的兩個賓語之間有"領屬"關係，所以可以變換為一般的動賓句：

我收了他五塊錢→我收了他的五塊錢
我借了他一雙鞋→我借了他的一雙鞋

〔3〕**其他動詞**。例如：

(A) 表示"交際"義：問、求、告訴、報告、請教、交代、
　　審問、回答、提醒
(B) 表示"稱謂"義：當、稱、叫、認、評、選
(C) 表示"欠缺"義：欠、差、缺、少
(D) 表示"對待"義：幫、考、優待、招待、滿足、敲詐

這些句式也都可以變換為不同的其他一些句式。例如：

我問你一件事→有一件事我問你
我當他好人→我當他是好人
我欠他一份情→我欠他的一份情
我幫他十塊錢→我用十塊錢幫他

五、麵包帶餡兒的他吃了
—— 主謂謂語句

　　英語等印歐語言，一個句子總是只有一個主語，而漢語卻很有意思，一個句子可以出現大小主語，有的，甚至層層套疊好幾個主語。"麵包帶餡兒的他吃了"就屬於這種特殊的句子。這一句子應該這樣分析：

　　麵包帶餡兒的他吃了

主謂
主謂
主謂

　　"麵包"是第一層次的大主語，的字短語"帶餡兒的"是第二層次的中主語，"他"是第三層次的小主語。

　　這類由主謂短語充當謂語的句子，就叫做"主謂謂語句"，是漢語所特有的一種句式。這類大主語，往往是一個"話題"，是一個議論的開端。

　　主謂謂語句大體上有四種類型：

　　〔1〕**受事型**。例如：

　　(1)這個人我相當了解。→我相當了解這個人。

　　(2)雨花石出產的地方並不多。→出產雨花石的地方並不多。

　　(3)這場演出他希望成功。→他希望這場演出成功。

大主語在語義上是謂語中某個動詞的受事，因此可以把大主語移動到後面做該動詞的賓語或賓語的一部分，使主謂謂語句轉換為一般的主謂句。

〔2〕**領屬型**。例如：

(1)爺爺鬍子長得挺神氣。→爺爺的鬍子長得挺神氣。
(2)我們家房子不太寬敞。→我們家的房子不太寬敞。
(3)這棵樹蘋果味兒不錯。→這棵樹蘋果的味兒不錯。

大主語與小主語之間有領屬關係，所以，兩者之間可以添加一個"的"字來顯示其中的領屬關係。

〔3〕**關涉型**。例如：

(1)這個孩子我們確實頭疼。
　　　→對這個孩子，我們確實頭疼。
(2)電腦他知道得還真不少。
　　　→關於電腦，他知道得還真不少。
(3)那道門我還沒有安門鎖呢。
　　　→我還沒有給那道門安門鎖呢。

大主語表示的是跟謂語中心語有關的事物，既非施事，也非受事，可以添加相關的介詞來顯示其語義關係。

〔4〕**周遍型**。例如：
(1)甚麼我也不清楚。
(2)一個個他都去請過。
(3)哪兒他都不去。

大主語表示無一例外的周遍性意義。

其實，主謂謂語句的類型還有一些。例如：

(1)大白菜一塊錢兩斤。(小主語表示數量，謂語也表示數量)

(2)這孩子做事非常認真。(小主語是謂詞性的，大主語是其施事)

(3)這把刀我切肉。(大主語表示施事動作行為的工具)

(4)這個村子的姑娘一個比一個漂亮。(小主語是大主語的個體或一部分)

第 13 章

複句：
複句的形合法與意合法

一、萬能黏合劑
—— 關聯詞語

演講學裏有這麼一個故事：一次，會議已經開得很晚了，大家都盼着它趕快結束，最後一個報告人上台的第一句話就是："今天的報告，我還要講三個小時——"大家一愣，那人故意頓了一頓，不慌不忙地接着說："那麼，大家肯定是不歡迎的。所以，我準備只講三分鐘。"下面頓時響起一陣熱烈的掌聲。

這個報告人不但很了解聽眾的心理，而且也很善於運用語言的手段，這裏就是用了一個"假設條件複句"，再接着一個"因果複句"，其中的關聯詞語"那麼"用得特別精彩。

跟單句相平行的句型是複句，複句是由兩個以上的分句構成的。一般地說，單句只表達一個簡單的命題，而複句可以表達複雜的命題。複句裏各分句之間，往往要用"關聯詞語"來表示不同的邏輯語義關係。從這個意義上講，"關聯詞語"是分句與分句的"萬能黏合劑"。比如"主科考了六十分"與"大學不能錄取"之間,可以有種種不同的語義關係,這就要看你用甚麼樣的關聯詞語了。例如:

〔1〕因果複句:因為他主科考了六十分,所以大學就不能錄取。

〔2〕條件複句:如果他主科考了六十分,那麼大學就不能錄取。

〔3〕讓步複句:即使他主科考了六十分,大學也不能錄取。

〔4〕轉折複句:雖然他主科考了六十分,大學也不能錄取。

關聯詞語,主要有三類:

〔1〕大部分連詞(只能連接詞與短語的連詞,如"和、跟、同、與、及、以及"等除外)都是成雙作對的,只有少數除外,例如:因此、因而、以致、可見等。

〔2〕小部分副詞:也、才、就、又、卻、都⋯⋯,它們在句中充當狀語,同時又兼起連接作用,跟前面的連詞相呼應,這是"關聯性副詞"。

〔3〕一些習慣用語,一方面充當"獨立成分",同時,又起關聯作用。例如:"一方面⋯⋯另一方面、總而言之、反之⋯⋯"。

成對的關聯詞語,在句中的位置是有一定條件的。一般地説,前後分句的主語不同,關聯詞語都出現在主語之前;前後主語相同,則前一個關聯詞語出現在主語之後,後一分句的主語承前省略。例如:

(1)與其你去美國,不如我去美國。(前後主語不同)

(2)他與其去美國，不如去英國。（前後主語相同）

(3)不但他沒有去過，而且我也沒有去過。（前後主語不同）

(4)他不但沒有去過，而且也沒聽說過。（前後主語相同）

　　使用"關聯詞語"的複句叫做"形合法"，在複句中佔極大部分，但也有一些複句不使用任何關聯詞語，只是利用"句序"來顯示句與句之間的語義聯繫，這就叫做"意合法"。例如：

(1)田埂濕軟軟的，腳丫踩上去挺舒服的。（因果複句）

(2)山朗潤起來了，水漲起來了，太陽的臉紅起來了。（並列複句）

　　複句有兩大類型，下面又各分出四小句型：

聯合複句：並列複句、連貫複句、遞進複句、選擇複句。

偏正複句：因果複句、條件複句、轉折複句、讓步複句。

　　除此之外，還有一種特殊的緊縮複句。

二、風在吼，馬在叫……
── 聯合複句

　　音樂家冼星海的名作《黃河大合唱》是這樣開頭的：

"風在吼，馬在叫，黃河在咆哮，黃河在咆哮……"

　　從句法上分析，這就是典型的聯合複句。分句與分句在語義上是平行的，分不出主次，而且可以延長它的關係，即可以採取多分的方法。

聯合複句又可分為四類：

〔1〕**並列複句**　幾個分句在意義上彼此平行或對立，幾個分句採取的是"雁行式"，齊頭並進。例如：

(1)小草泛綠了，燕子飛回來了。（並行的並列）
(2)虛心使人進步，驕傲使人落後。（對立的並列）

〔2〕**連貫複句**　幾個分句表示連續的動作或行為，幾個分句採取的是"魚貫式"，前後銜接推進。例如：

(1)我溫了酒，端出去，放在門坎上。（無關聯詞語）
(2)他唱了一支歌，接着我也説了一個笑話。（有關聯詞語）

〔3〕**遞進複句**　後一分句比前一分句有更進一層的意思。典型格式是"不但…而且…"，例如：

(1)他不但字寫得漂亮，而且畫也畫得出色。（一般遞進）
(2)他不但愛讀書，而且愛買書，甚至還愛偷書。（多重遞進）

〔4〕**選擇複句**　在幾個分句所代表的事件中選擇一項。例如：

(1)或者你去，或者我去，或者大家都去。（或此或彼的選擇）
(2)這個鬼地方，不是颱風，就是下雨。（非此即彼的選擇）
(3)與其跪着生，不如站着死。（先捨後取的選擇）
(4)寧可不吃飯，也要買下這部名著。（先取後捨的選擇）

三、"屢戰屢敗" 與 "屢敗屢戰"
—— 偏正複句

據說，當年曾國藩率清軍與太平天國的軍隊長期作戰，幾乎每次都遭到慘敗，曾國藩給皇帝寫奏摺時，不得不悲哀地承認是"屢戰屢敗"，他的師爺看了以後連連搖頭說："既然是'屢戰'，卻又'屢敗'，這樣寫，只怕腦袋就要搬家了。"曾國藩慌忙請教老夫子，那師爺微微一笑，用筆輕輕一勾，改為"屢敗屢戰"。結果，皇帝看了曾的奏摺，不但沒有懲罰他，反而認為"其勇可嘉"，加以表彰。"屢戰屢敗"與"屢敗屢戰"相比，兩個句子的結構形式是相同的，都是"轉折複句"，意思是"雖然…但是…"，但前一句只是一個鋪墊，後一句卻是語義的重心所在。原句的語義重心是"屢敗"，當然使人感到沮喪，而改句的語義重心則是"屢戰"，其鬥志和勇氣都躍然紙上，兩句所產生的效果顯然是大相徑庭的。這說明在偏正複句中，正句是主要的，而偏句是為正句鋪墊的。

偏正複句又可分為四種類型：

〔1〕**因果複句**。偏句表示某種原因，正句表示它所引出的結果。例如：

(1)因為不太了解情況，所以他沒有說甚麼。(說明性因果)
(2)既然你不太了解情況，那麼就不要說甚麼。(推論性因果)
(3)他平時不用功，以致於測驗老不及格。(貶義性因果)
(4)他中了個特等獎，因此笑得嘴也合不攏。(解釋性因果)

〔2〕**條件複句**。偏句表示某種條件，正句則表示在此條件下的結果。例如：

(1) 如果你找到了雞，那麼也就找到了雞蛋的主人。(假設條件)
(2) 只要你考到了六十分，就及格了。(充分條件)
(3) 只有你去請，他才會來。(必要條件)
(4) 無論他說甚麼，我都不相信。(無條件)

〔3〕**轉折複句**。後一句不是順着前一句的意思說下去，而是轉到它的相反或相對的意思上去。例如：

(1) 雖然春天已經到來，但是，冰還沒有化。
(2) 他本來答應來的，臨時卻又改變了主意。

根據語義上的差異，又可分為兩類，"重轉"是語義明顯對立，一般用成雙作對的關聯詞語，而"輕轉"指前後意思不一致，但並不明顯對立。例如：

(1) 儘管他說得天花亂墜，但我還是不相信。(重轉)
(2) 他文章寫得很漂亮，只是字跡太潦草了一些。(輕轉)

〔4〕**讓步複句**。偏句先姑且承認某種事實，作出一個讓步，然後正句提出與此相反的結果。例如：

(1) 即使他不答應，我也要去。
(2) 那怕天塌下來，我們也要幹到底。

要特別注意的是這四類偏正複句之間的區別與聯繫。根據偏句的"事實"還是"假設"，正句與偏句的關係是"相承"還是"轉折"，可以列出下表：

	偏句是事實	偏句是假設	前後相承	前後逆承
因果複句	+		+	
條件複句		+	+	
轉折複句	+			+
讓步複句		+		+

這四類複句的關係還可以用下面的四邊形來表示：

事實

(因果)	(轉折)
相相	承逆
(條件)	(讓步)

假設

四、劃線分析法
—— 複句分析的方法

　　一個複句的內部可能由好幾個分句構成，並列複句和連貫複句有可能比較容易區分，但是，其餘的複句內部分句的組合基本上是按層次構成的，這一點跟複雜短語是相仿的。因此，在分析由好幾個分句所構成的多重複句時，就必須使用"劃線分析法"。

　　劃線分析法，實際上就是層次分析法在複句分析上的具體運用。運用時應該注意兩點：

第一，統觀全局，逐層分析。

第二，抓住關聯詞語，結合邏輯關係。

可以先用層次分析法分析，然後再轉為劃線分析法，其原理都是相通的。例如：

(1)如果沒有氧，｜｜｜光有氫，｜｜或者沒有氫，｜｜｜

　　　　　　　並列　　　　　　選擇　　　　　　　　並列

光有氧，｜都不能搞鹹水。

　　條件

進行分析時的步驟，大體上可以這樣：

第一步：先確定有幾個分句，用一條條豎線把它們分隔開。這裏要特別注意句中的逗號有時並不表示分句之間的停頓，而只是分句內部詞語之間的停頓。例如：

(1)我讚美白楊樹，｜就因為它不但象徵了北方的農民，｜尤其象徵了今天我們民族解放鬥爭中所不可能少的質樸、堅強，｜｜以及力求上進的精神。

　　　　　　　　　　　　×

其中，"以及力求上進的精神"之前的劃分是不對的，因為這只是分句內部的一個語氣停頓。

第二步：搞清楚各個分句之間的結構關係，並分別注明。如果關係不夠清楚時，可以補出相應的關聯詞語，但不能違背原意。例如：

(2) (雖然)孔乙己是這樣的使人快活，｜可是(即使)沒有

　　　　　　　　　　　　　　　轉折

他，　｜｜別人也便這麼。

　　讓步

　　上面加上括弧的關聯詞語是原句沒有，在分析時臨時添加上去以幫助理解的。

　　第三步：確定該複句的結構層次，第一層次用一條豎線，第二層次用兩條豎線，其餘依次類推。例如：

(3)封鎖雖嚴，　｜冒險偷渡者依然不絕，　｜｜而且十之八九

　　　　　　轉折　　　　　　　　　　　　遞進

是偷渡成功的。

五、不見黃河心不死
—— 緊縮複句

　　"不見黃河心不死"，這個成語，據說是從一個民間故事變化而來的：一個姑娘跟一個叫黃河的小伙子相好，後來，這姑娘被一個惡霸搶去，要強迫她成親，姑娘百般無奈，提出要見黃河一面才能答應，惡霸同意了，結果，姑娘跟黃河見面後，兩人就雙雙跳河殉情了。這個成語從語言學角度分析，就是個"緊縮複句"。

　　所謂"緊縮複句"，就是複句的緊縮形式。形式上像單句，實際上卻是複句，只是為了表達上更加簡便、緊湊，就合併兩個分句相

同的成分，並省略某些關聯詞語，取消分句之間的語氣停頓，這就產生了"緊縮複句"。

緊縮複句有幾個明顯的特點：

第一，謂語部分不止一個；

第二，前後謂語之間仍然是"遞進、條件、轉折、讓步"等語義關係；

第三，基本上都可以擴展為一般的複句；

第四，句子中間沒有任何語氣停頓；

第五，在口語中經常使用，並已經形成一些固定的格式。例如：

（1）"一…就…"：他一見到血就害怕。（條件緊縮複句）

（2）"不…也…"：他不學也會唱。（讓步緊縮複句）

（3）"不…不…"：他是不見棺材不掉淚。（條件緊縮複句）

（4）"再…不…"：你再說也沒法答應。（讓步緊縮複句）

（5）"非…不…"：他是非去不可。（條件緊縮複句）

（6）"越…越…"：我是越說越起勁。（條件緊縮複句）

緊縮複句中的兩個謂語之間常常使用一個起關聯作用的副詞，當然，不用也是可以的。例如：

（1）他想說卻沒說。（轉折緊縮複句，用了副詞"卻"）

（2）吃了就明白了。（條件緊縮複句，用了副詞"就"）

（3）說了也白說。（讓步緊縮複句，用了副詞"也"）

（4）你不去拉倒。（條件緊縮複句，沒用副詞）

第14章 歧義：
透過"歧義"這個窗口

一、"絕代雙嬌"還是"絕代雙驕"？
—— 口頭歧義

已故著名的武俠小說家古龍的長篇小說，書名應該是"絕代雙驕"，可是有的盜版書居然寫成了"絕代雙嬌"，本來說的是兩個身懷絕技的男性俠士，現在這麼一改，忽然變成了是兩個絕色佳人了，如果古龍先生有靈，也要啼笑皆非了。造成這種錯誤的基本原因就是"同音歧義"。寫出來，並沒有歧義，可是，在口頭上卻可能有兩種不同的理解。

五十年代初，在北京話裏，"胃炎"和"胃癌"的讀音是相同的，都要唸成"wèi yán"。據說，有一個病人聽醫生說他得了"wei yan"，醫生說的是"胃炎"，病人卻以為是"胃癌"，惶惶不可終日，人一天天的消瘦，醫生覺得很奇怪，問他怎麼回事，結果才明白是發生了誤解。所以，後來"胃癌"採用了接近上海話的發音，讀為"wèi ái"。

以上說的是"口頭歧義"，也有與此相反的，即僅僅是書面上的歧義，一到口頭上不會產生誤解的，這是"書面歧義"。例如：

咬死了獵人的狗

書面上確實有歧義，可是口頭上一讀，不同的停頓，就顯示出不同的層次：

咬死了 / 獵人的狗
咬死了獵人的 / 狗

歧義結構，必定在形式上相同，即成為"同形"。當然，所謂的"同形"有不同層次的理解：有的僅僅口頭上同形(語音形式相同)；有的僅僅書面上同形(詞形相同)；有的詞形、詞序相同而結構層次不同；有的連層次也相同而僅僅是深層的語義關係不同；有的連深層的語義關係也相同，僅僅是在某個語境中產生歧義，等等。"歧義"是個豐富多彩的窗口，透過這個視窗，我們可以發現隱藏在語言結構後面許許多多非常有趣的現象與規律，可以借此機會，挖掘出語言形式與語言內容之間錯綜複雜的對應關係，也會使我們對語言現象的觀察更加細緻深入。

二、大排骨也是菜
—— 詞義歧義

王太太在電梯門口碰到了鄰居孫小姐，問道：

"今天你買了甚麼菜？"

"大排骨。"

"哦，不，我問的是甚麼蔬菜？"

"花菜、大白菜。"

顯然，孫小姐的問答並沒有錯，大排骨當然也是菜，比如在飯店請你點菜，你就可以點個 "大排骨"。但是，這不符合王太太提問的要求，其關鍵就是王太太問的話語本身就有歧義。這 "菜" 是個多義詞，可以理解為 "菜餚"，也可以理解為 "蔬菜"。這就是因為詞的多義而產生的歧義。再如：

(1) 我一天不吃飯也不行。("飯" 有 "米飯" 與 "食物" 義)

(2) 他特別喜愛 "牡丹"。("牡丹" 可指 "花卉"，也可指香煙的品牌)

(3) 飛機上多半是美國人。("多半" 有 "大多" 與 "估測" 義)

除了因為詞的多義，詞的不同詞性也可能引起歧義。例如：

(1) 菜不熱了。

　　(菜的溫度不高了 —— 形容詞；菜不再加熱了 —— 動詞)

(2) 爬過那座山沒有？

　　(爬越翻過那座山 —— 趨向動詞；曾經爬過那座山 —— 助詞)

(3) 她原來是個教師。

　　("原來" 表示 "以前" —— 時間名詞；"原來" 表示 "恍然大悟" —— 時間副詞)

三、沒有買票的

—— 結構歧義

一群學生擠上了公共汽車，售票員就喊道："沒有買票的，請準備好零錢。"學生們馬上就回答："沒有買票的，我們全是月票！"這一問一答中，都有"沒有買票的"這麼一個短語，但是，顯然，兩者的意思是不同的。如果我們從句法結構的層次關係去進行分析，那麼問題就迎刃而解了。

A. 售票員：沒有買票的

　　　　　　　　的字結構
　　　　　　　　偏正短語
　　　　　　　　動賓

B. 學生們：沒有買票的

　　　　　　　　動賓短語
　　　　　　　　的字結構
　　　　　　　　動賓

由於層次與結構關係都不同而產生的歧義現象，比較複雜。這主要有：

(1) 想念她的妹妹（動賓短語與偏正短語交叉）

A.　　　　　動賓
　　　　　　偏正
B.　　　　　偏正
　　　　　　動賓

(2) 新學生宿舍 (不同的偏正短語交叉)

A. 　　　　　偏正

　　　　　　偏正

B. 　　　　　偏正

　　　　　　偏正

(3) 安排好房間 (不同的動賓短語交叉)

A. 　　　　　動賓

　　　　　　偏正

B. 　　　　　動賓

　　　　　　動補

(4) 贈中國圖書 (雙賓語與單賓語交叉)

A. 　　　　　動賓

　　　　　　偏正

B. 　　　　　動賓

　　　　　　動賓

(5) 關於廠長的意見 (介詞短語與偏正短語交叉)

A. 　　　　　介詞短語

　　　　　　偏正

B. 　　　　　偏正

　　　　　　介詞短語

(6) 他和弟弟的同學 (聯合短語與偏正短語交叉)

A. 　　　　　聯合

　　　　　　偏正

B. 　　　　　偏正

　　　　　　聯合

以上都只是雙重歧義，但也可能有三重歧義四重歧義，甚至更多的歧義。"沒有穿破的衣服"這一個結構就有三層歧義：

(7)沒有穿破的衣服

A.　　　　　　　動賓
　　　　　　　　偏正

B.　　　　　　　動賓
　　偏正　　　　偏正

C.　　　　　　　偏正
　　　　　　　　偏正
　　　　　　　　動補

四、雞不吃了！

── 語義歧義

"雞不吃了！"這是個相當有影響的歧義句。當年著名語言學家趙元任先生就曾經舉這個例來説明句法結構的背後，還有語義關係在起作用。"雞"可能不吃食了，也可能是我們不吃"雞"了。在這裏"雞"或者是動作的"施事"，或者是動作的"受事"。從句法結構的層次與結構關係上看，它們是完全相同的。

動詞與名詞的深層語義關係而引起的歧義最為常見：

(1)開刀的是他父親("他父親"可能是"施事"或"受事")

(2)連校長都不認識("校長"可能是"施事"或"受事")

(3)大衣裹得緊緊的("大衣"可能是"受事"或"工具")

(4)汽車運去了("汽車"可能是"受事"或"工具")

(5)提升副教授("副教授"可能是"受事"或"結果")

(6)修路("路"可能是"受事"或"結果")

這類歧義跟動詞的語義特徵關係極為密切。名詞與名詞的組合也可能引起歧義。例如：

(1)魯迅的小說

　　(魯迅寫的小說，魯迅擁有的小說，描寫魯迅的小說)

(2)教授的父親

　　(教授本人的父親，父親是教授)

(3)三個孩子的母親

　　(母親有三個孩子，三個孩子各自的母親)

(4)詩人的風度

　　(詩人本人的風度，像詩人一樣的風度)

(5)黑子的消息

　　(黑子擁有的消息，有關黑子的消息)

五、我們跟大灰狼不一條心！

——語境歧義

幼稚園的阿姨，教小朋友唱一首情歌："郎呀，咱們兩個一條心！"小朋友們集體叫起來了："我們跟大灰狼不一條心！"搞得那位年輕的阿姨相當狼狽。情歌裏的"郎"是情郎，小朋友怎麼會懂呢？他們了解最多的是同音的"狼"，幾乎沒人沒聽說過大灰狼的故事。可見，不同的人群理解起來就會出現歧解。

再比如：你唱甚麼？這是個普普通通的問句。可是如果在某個特定的語境裏，某人不喜歡他唱歌，發出這樣的質問："你唱甚麼？"那就是否定了，不同意對方唱歌。

語境往往會提供歧解的可能性。話劇《日出》裏，陳白露和顧八奶奶有關對話，很有意思：

> 顧八奶奶：你看快天亮了，他的魂也沒見一個……進了電影
> 　　　　　　公司兩天，越學越不正經幹。我非死了不可！露
> 　　　　　　露！你的安眠藥我都拿去了。
>
> 陳白露：怎麼，你要？
>
> 顧八奶奶：我非吃了不可。
>
> 陳白露：那你又何必呢？你還給我。（伸手。）
>
> 顧八奶奶：不，我非吃了不可，我得回家睡覺去。我睡一場
> 　　　　　　好覺，氣就消了。

顯然，這裏顧八奶奶說的"我非死了不可"，是誇張地說"被氣死"，並非主動的去尋死。而陳白露以為她要了那麼多的安眠藥去是為了"尋死"（自殺），這才極力阻止。這裏也是在語境中才產生的歧解。

語境歧義跟不同民族的文化習俗也密切相關。據說一個老外聽到一個中國朋友在罵："你這個東西……！"，他的心裏就納悶：人怎麼會是個東西呢？後來又聽見中國人在罵："你不是個東西！"那就更加不明白："人當然不是個東西！"後來還聽到有人說："你不是個好東西！"他就更糊塗了：原來好人還可以是個好東西！

六、消除歧義的手段
—— 歧義總論

在日常生活中，真正碰到歧義的情況並不多，這主要是由於種種條件制約排除了產生歧義的可能性。這些消除歧義的手段主要是：

〔1〕**語音手段：**

(1)　A. 我想起來了。

　　　（起來，唸作“qǐ lái”，表示不睡了）

　　　B. 我想起來了。

　　　（起來，唸作輕聲“qi lai”，表示想到了）

(2)　A. 除了李老師，ˊ他最怕洪校長。

　　　（重音在“他”，對比的是李老師，意思是李老師和他兩個人都怕洪校長）

　　　B. 除了李老師，他最怕ˊ洪校長。

　　　（重音在“洪校長”，對比的是李老師，意思是李老師和洪校長兩個人他都怕）

(3)　A. 我／講不好。

　　　（停頓在“我”之後，謂語是動補短語）

　　　B. 我講／不好。

　　　（停頓在“講”之後，謂語是形容詞性的）

〔2〕**語法手段：**

(1)　(一本)關於廣告創作的書

　　　A.　　　　　　　　偏正

　　　B.　　　　　　　　介詞短語

如果前面添上數量短語"一本"，那麼，這個歧義短語就只能選擇A，從而排除了B的可能性。因為數量短語可以修飾名詞性短語，但不能修飾一個介詞短語。

(2)(有沒有)沒有買票的

    A.   的字短語

    B.   動賓

如果前面添上動詞性的聯合短語"有沒有"，那麼這個歧義短語就只能選擇A，從而排除了B的可能性，因為動詞"有"只能帶名詞性賓語，而按B的分析，是個動賓短語，不能作"有"的賓語。

〔3〕上下文手段：

(1)A.(我問他們誰要，)他們一個也不要。

    B.(我問他們要甚麼，)他們一個也不要。

(2)A. 你寫，我不寫，(我有別的事兒。)

    B. 你寫，我不寫，(你不寫，我寫。)

〔4〕**語境制約**：

唐代詩人張繼有首名詩《楓橋夜泊》：

月落烏啼霜滿天，　江楓漁火對愁眠。

姑蘇城外寒山寺，　夜半鐘聲到客船。

長期以來對"夜半鐘聲到客船"有兩種不同的理解：一曰"夜半的鐘聲送到停泊的客船上"，一曰"在夜半的鐘聲中到了一艘客船"。字面上看似乎都可以解釋通了，但是看題目是"楓橋夜泊"，看來詩

人的船就停泊在寒山寺外，在這樣的語境下，顯然第一種理解才是
正確的。

第15章 句法與語義：
一張紙的兩個面

一、靠山吃山，靠水吃水
—— 語義角色

句法結構，就好比一張紙，它有兩個面：句法和語義，一個是內容的載體 —— 句法；一個是形式的內涵 —— 語義。沒有語義的句法，或者沒有句法的語義，都是不存在的，也是無法理解的。關於語義問題，最為關注的是語義角色、語義指向以及語義特徵。

網上有段評論，實在是妙不可言：

> 俗話說：靠山吃山，靠水吃水。老師吃甚麼？只有吃學生。因為老師唯一的"資源"就是學生。吃校服、吃教學產品、吃補課、吃網校、吃講座、吃輔導，老師吃回扣的專案早就不止教學輔導資料一項了，凡是和學生有關的，似乎都可以張開血盆大口 —— 吃。

"吃"是個常用動詞，靠山吃山，靠水吃水，還能夠理解，可是"吃學生"就有點赤裸裸了吧？當然不是真的血盆大口去吃，而是指動歪腦筋從學生那裏千方百計獲得好處，這種"吃學生"、"吃校服"的賓語就叫做"依據賓語"。

漢語動詞跟名詞賓語之間的語義關係，相當複雜，除了最常用的受事之外，還有好多種。中國人歷來主張"民以食為天"，所以"吃"能搭配的名詞的類別也特別豐富。除了"吃蘋果"（受事賓語）之外，還有以下各種說法：

吃全聚德（處所賓語）　　　吃大碗（工具賓語）
吃包月（方式賓語）　　　　吃兩塊（數量賓語）
（靠山）吃山（依據賓語）　吃請（原因賓語）
一鍋飯吃三個人（施事賓語）

這就說明，漢語的常用動詞，跟名詞賓語之間的語義關係有好多種。再比如動詞"考"，也可以有多種語義關係的賓語：

考學生（受事賓語）　　　　考職稱（目的賓語）
考一百分（結果賓語）　　　考數學（範圍賓語）
考口試（方式賓語）

動賓短語，指的是前後成分之間有支配與被支配的關係。但對"支配"要作廣義的理解，即動詞跟賓語的語義關係極為複雜，歸納起來，這些語義關係大致有以下若干種：

〔1〕受事：寄信　　　給錢
〔2〕施事：來人　　　退潮
〔3〕繫事：是好人　　姓關
〔4〕當事：收信　　　獲得冠軍

〔5〕與事：給別人　　送朋友

〔6〕對象：愛祖國　　比學問

〔7〕工具：照鏡子　　彈鋼琴

〔8〕方式：跳倫巴　　寫楷體

〔9〕處所：寫黑板　　上飛機

〔10〕時間：起五更　　過春節

〔11〕目的：考大學　　擠汽車

〔12〕原因：避風頭　　養病

〔13〕結果：打毛衣　　蓋樓房

〔14〕致使：通火車　　端正態度

〔15〕同源：説粗話　　走小路

〔16〕屬事：有經驗　　擁有資産

二、齊天大聖"在手心裏寫字"
—— 語義指向

"王冕死了父親"是《儒林外史》裏的一句話。按照常規分析，"王冕"是全句的主語，主要謂語動詞是"死"，可是在語義上，我們顯然只能理解為是賓語"父親"死了，而不是主語"王冕"死了。這裏有趣的就是"王冕"的語義實際上指向"父親"，是修飾父親的。全句的意思是王冕失去了父親。類似的句子還有：老李病了一頭牛。

句法結構是句法結構，語義結構是語義結構，兩者可能吻合，也可能不吻合。需要做具體分析。比如動補短語，通常情況下，後面的補語成分補充、説明前面中心語成分，但實際上卻並不一定。

試比較以下幾個例句：

(1)他洗衣服洗得乾乾淨淨。

(2)他洗衣服洗得精疲力盡。
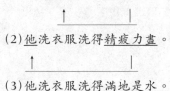
(3)他洗衣服洗得滿地是水。

這三句的結構是相同的，帶的都是"情態補語"，但是，在語義上，第(1)句的補語是指向賓語"衣服"的，第(2)句的補語是指向主語"他"的，只有第(3)句的補語才是指向動詞本身的。

　　語義指向可以幫助我們消除歧義，準確理解句子的意義。例如"她最喜歡梅花"這句話，事實上是歧義的。關鍵就在於句中的副詞"最"的語義指向哪個詞語，因此，就有可能兩種理解：

(1)在那些花兒裏，她最喜歡梅花。("最"語義指向"梅花")

(2)在那些女孩裏，她最喜歡梅花。("最"語義指向"她")

　　語義指向具有比較強的解釋力，對有些句子分析比較透徹。例如：

A. 老張有一輛汽車很昂貴。

B. 老張有一輛汽車很驕傲。

C. 老張有一個女兒很聰明。

D. 老張有一個女兒很驕傲。

A 句"昂貴"的語義只能指向"汽車"；B 句"驕傲"的語義只能指向"老張"，指老張因為有一輛汽車而感到"驕傲"；C 句"聰明"的語義從屬性來講，既可以指向"女兒"，也可以指向"老張"，但是這裏顯然只能指向"女兒"，"老張"不可能因為有個女兒而變得聰明起來；只有 D 比較複雜，因為"驕傲"的語義可以指向"女兒"，也可以像 B 一樣指向"老張"，指"老張"因為有個女兒而感到驕傲。

　　一些比較複雜的句子，也可以利用語義指向來進行解釋，我們再來看下面這類句子：

　　S1. 他在教室裏寫字＝他在教室裏＋他寫字
　　S2. 他在手心裏寫字＝他寫字＋字在手心裏

　　至於"他在黑板上寫字"通常理解為 S2"他寫字＋字在黑板上"，其實是歧義的，因為也可能相當於 S1"他在黑板上＋他寫字"。甚至於"他在手心裏寫字"也是歧義的，因為我們設想一個語境，可能寫字的人就在"手心裏"，例如《西遊記》裏第七回孫悟空大鬧天宮，跟如來佛鬥法，他一個跟頭翻出去，看到五根肉紅柱子，在其中的一根上寫下："齊天大聖到此一遊。"結果沒想到居然沒有翻出如來佛的手心。

三、"燒了一車炭"的關鍵字
── 語義特徵

　　唐代詩人白居易的《賣炭翁》，寫到"賣炭翁，伐薪燒炭南山中……"如果光說"他燒了一車炭"，這句話就是歧義的。它可以理解為"燒得了一車炭"，也可以理解為"燒掉了一車炭"。"他倒了一杯水"，可以理解為"倒上一杯水"或"倒掉一杯水"。同樣，"他借了一雙鞋"，也可以理解為"借出"或"借進"。可見關鍵字是其中的動詞，"燒"、"倒"兼備【＋消除】【＋獲得】的語義特徵，導致該格式的歧義。

　　詞與詞的組合不是隨意的，而是由雙方的選擇性所決定。每一個詞都具有一個可供組合的個體選擇網絡，你選擇人家，人家也選擇你，從而構成一個選擇網絡。這種選擇關係主要是語義特徵在起決定性作用。例如：

A1. 寄了一封信 ── 把一封信寄了
B1. 寫了一封信 ── ×*把一封信寫了

A2. 關了一盞燈 ── 把一盞燈關了
B2. 開了一盞燈 ── ×*把一盞燈開了

A3. 賣了一車炭 ── 把一車炭賣了
B3. 買了一車炭 ── ×*把一車炭買了

這是因為 A 類動詞具有〔＋消除〕語義特徵，而 B 類動詞卻不具有這類語義特徵，而只具有〔＋獲得〕語義特徵。但是，同樣一個動詞，如"燒"，當賓語名詞更換，就制約了這類歧義的發生。例如：

> 燒了一桶油燒了一張紙（燒掉）
>
> 燒了一壺水燒了一鍋粥（燒得）

關鍵就在於"油"、"紙"具有【＋可燃性】，而"水"、"粥"具有【－可燃性】。可見，詞語組合成為一個結構，這裏存在着雙向選擇關係，即兩者必須有一定的語義特徵的呼應，才有可能進行組合。在某個場合，A可以選擇B，這表現為A的決定性作用；但是在另外一個場合，B也可能選擇A，這時，B就起到了決定性作用。

語義特徵是句法分析中極為重要的方法。它可以成為某些句式能否成立的語義依據。例如，現代漢語裏有一種由形容詞加"（一）點兒"構成的祈使句：形容詞＋（一）點兒！可是，並不是所有的形容詞都能進入該句式。試比較：

A. 　虛心點兒！　　積極點兒！　　堅強點兒！

　　　主動點兒！　　靈活點兒！　　大方點兒！

B. 　粗一點兒！　　近一點兒！　　高一點兒！

　　　濃一點兒！　　大一點兒！　　慢一點兒！

C. 　＊驕傲點兒！　＊悲觀點兒！　＊囉嗦點兒！

　　　＊膽小點兒！　＊嘈雜點兒！　＊蠻橫點兒！

D. 　＊可愛點兒！　＊健康點兒！　＊偉大點兒！

　　　＊優秀點兒！　＊美麗點兒！　＊高尚點兒！

以上四組格式中的形容詞的語義特徵可以用矩陣圖區別如下：

形 A：〔＋褒義，－貶義，＋可控〕

形 B：〔－褒義，－貶義，＋可控〕

形 C：〔－褒義，＋貶義，＋可控〕

形 D：〔＋褒義，－貶義，－可控〕

可見，只有同時具備〔－貶義〕和〔＋可控〕兩項語義特徵的形容詞才能夠進入以上格式。

語義特徵分析也可以從考察詞語的語法性質入手。比如，一般認為名詞不受副詞"已經"、"都"、"才"等修飾，也不能跟助詞"了"共現。例如：

A.　桌子：　＊才桌子　　＊已經桌子了　　＊都桌子了

　　汽車：　＊才汽車　　＊已經汽車了　　＊都汽車了

　　藍圖：　＊才藍圖　　＊已經藍圖了　　＊都藍圖了

但例外也不少。例如：

B.　　星期二：　　才星期二　　已經星期二了　　都星期二了

　　　三月份：　　才三月份　　已經三月份了　　都三月份了

　　　中學生：　　才中學生　　已經中學生了　　都中學生了

　　　副教授：　　才副教授　　已經副教授了　　都副教授了

通過對比，A 的名詞不跟同類名詞形成順遞關係，因而不具有〔＋順遞〕特徵，而 B 的名詞可以跟同類名詞形成順遞關係，因而具有〔＋順遞〕特徵。但是，B 的名詞仍有區別：有的可以在前面加"又是"，有的不可以。由此 B 又可以分為兩類：

B1. 星期二：又是星期二了

　　三月份：又是三月份了

B2. 中學生：＊又是中學生了

　　副教授：＊又是副教授了

　　可以前加"又是"的名詞具有〔＋可循環〕的特徵，不可以前加"又是"的名詞不具有〔＋可循環〕特徵。可見，名詞可以分為三類："非順遞非循環"名詞、"可循環順遞"名詞和"不可循環順遞"名詞。

第 16 章 病句修改：
"對症"才能"下藥"

一、"打掃衛生"是病句嗎？
——劃清病句的界線

20 世紀 50 年代在報紙上，曾經就"打掃衛生"是不是病句，展開過激烈的爭論。說是病句的人認為"衛生"怎麼能夠"打掃"呢？把"衛生"都"打掃"光了，那不是更加不衛生了嗎？跟這類似的説法還有"恢復疲勞"、"救火"、"養病"等等。其實，這種認識是不全面的。關鍵問題就是，對動賓之間的語義聯繫的理解太狹窄了，以為動詞的賓語只能表示動作的受事對象，實際上不是這樣的。"衛生"是"打掃"的目的賓語，"打掃"的受事賓語應該是"垃圾"或"灰塵"等。同樣，"疲勞"是"恢復"的原因賓語，"火"、"病"也分別是"救"與"養"的原因賓語。因此，我們對病句的判斷要謹慎，不要隨隨便便地判處一個句子"死刑"。

甚麼叫"病句"？就是不符合漢語語法規範的句子。"普通話"的定義規定："以北京語音為標準音，以北方方言為基礎方言，以現

代典範的白話文著作為語法規範"。可見。語法規範有四層含義：一
是時間上必須是"現代"的，而不是古代的；二是形式上必須是"書
面"的，而不是口頭的；三是類別上必須是"白話文"，而不是文言
文；四是等級上必須是"典範"的，而不是一般的。根據這四方面的
理解，我們通常把著名的作家，如老舍、曹禺、巴金、魯迅、郭沫
若等作品看作是規範化的語言，作為我們學習的榜樣。

在判別是否病句時，要特別注意幾點：

第一，要尊重語言事實，不要用某些教條去硬套。比如有人認
為只能說"當……的時侯"，不能說"當……之前"或"當……之後"。
這經不起語言事實的檢驗，魯迅和郭沫若的作品中就大量用到這類
格式：

(1)當專用拉丁寫法之前，我們不識字的人們，原沒有用漢
字互通聲氣。

(2)當第一次消息發佈之後，中央辦事處嚴正地提出了抗議。

第二，不要用邏輯的分析來代替語法的分析。比如有人曾經對
"×××是中國最優秀的運動員之一"這一格式提出了批評，認為它
不合邏輯，既然是"最"了，怎麼還能說"之一"，這就是把語法和
邏輯混為一談了。幾個老先生在一起，對其中的一位說："恭喜你，
生了個孫子。"這句話，沒有人認為是錯誤的，但是，按邏輯說，
那顯然是荒謬的，一個大男人，而且又隔了一代，怎麼會生"孫子"
呢？第三，要注意時代是發展的，有些當時覺得不規範的，後來卻
變得大家可以接受了。例如50年代初，呂叔湘先生和朱德熙先生合

寫的《語法修辭講話》中曾經批評過一些説法，如"轉變了過去站在生產之外，空喊保證生產的作風"，其中的"轉變"是不及物動詞，不能帶賓語，所以是病句，但現在，説"轉變思想"、"轉變立場"已經用得相當普遍了。

誰都不敢保證，他寫的文章裏肯定沒有一個病句。這正如每個人都可能生病一樣，生病並不可怕，關鍵是要及時治療，而且通過生病、治病，學會醫治的方法。這就是平常説的："久病成良醫"。在學習漢語的過程中，出現一些病句，也並不奇怪，問題在於我們一定要正視這一毛病，並找出改正的正確途徑。

修改病句的關鍵是，搞清楚產生病句的原因，"對症"才能"下藥"。

二、喬太守亂點鴛鴦譜
—— 搭配錯誤

明清傳奇小説《喬太守亂點鴛鴦譜》中，一對青年男女陰差陽錯碰到了一起，被人家告到了官府，結果喬太守也就將錯就錯，判他倆"百年好合"。但是，在句法結構上，這種"亂點鴛鴦譜"則是不允許的。詞語的組合，必須注意雙向的選擇，通俗地説，就是要"般配"。這就好像是年輕人找結婚的對象，有的在外形相貌上有較高的要求，有的在性格脾氣上有特定的標準，也有的在學識才幹上有明確的企望。同樣，詞語的雙向選擇，也可能有各種各樣的要求，如果在某一方面匹配不相當，就會產生"病句"。

句子成分搭配不當，是最為常見的語法錯誤之一。這類病句主要有以下幾種：

〔1〕**由於詞性不對，造成搭配不當**。例如：

(1)這個小小的縣城在一定程度上縮影着整個中國。

(2)在縣長的一再壓力下，銀行無奈，最後只得給貸了十萬元。

(3)他生活規律，每天早上游泳，接着從事劇本創作，安排拍片計劃。

(4)1920年海原大地震，喪生二十三萬四千多人。

第(1)句的"縮影"是個名詞，卻誤作動詞使用，應改為"……是整個中國的縮影"。第(2)句"在……下"格式中間，應該用一個動詞，而不能是名詞"壓力"，應該改為"在縣長的威逼下……"，或改為"由於縣長一再施加壓力……"。第(3)句的"規律"是名詞，不是動詞或形容詞，所以，在這裏不能作謂語，宜改為"他生活很有規律"。第(4)句"喪生"是個不及物動詞，不能帶賓語，應改為"有二十三萬四千多人喪生"。

〔2〕**由於語義上的協調問題，而造成搭配不當**。例如：

(1)巍巍長城氣勢磅礴，雄偉壯觀，是我們偉大祖國的天然屏障。

(2)務必竭盡全力搶救事故，做好善後工作。

(3)中國是一個古老、勤勞、聰明而帶有神話色彩的民族。

(4) 他們齊心協力把教室打掃得乾乾淨淨、整整齊齊。

第(1)句"長城"顯然是人造的，所以，不能說"天然"，可改為"一道屏障"。第(2)句動詞"搶救"的對象不應該是"事故"，而應該是"傷員"，或者改為"處理事故"。第(3)句"中國是……民族"，不合邏輯，可改為"漢族是……民族"。第(4)句動詞"打掃"的結果只能是"乾乾淨淨"，而不可能是"整整齊齊"，這類錯誤就叫做"顧此失彼"。

〔3〕**由於語法功能上的要求不同，而造成搭配不當**。例如：

(1) 葉老曾經給學生們多次進行修身課。
(2) 李軍明顯地感到了婆媳之間緊張的氣氛。
(3) 在創作中，茹志鵑還特別善於對容量大的小道具的運用。
(4) 《絲路花雨》用生動的藝術形象闡明了："歷史懸明鏡，
　　強盛不閉關"。

第(1)句動詞"進行"的賓語必須是雙音節的動詞，而"修身課"是個名詞，可將動詞改為"上"。第(2)句動詞"感到"也必須帶動詞性賓語，"婆媳之間緊張的氣氛"是名詞性的，可改為"婆媳之間的氣氛有點兒緊張"。第(3)句動詞"善於"要求賓語是動詞性的，"對容量達到小道具的運用"是個名詞性的偏正短語，所以要改為"善於運用容量達到小道具"。第(4)句的動詞"闡明"要求賓語是名詞性的，"歷史……"則是動詞性的，所以要在"歷史……"的後面加上"真理"。

三、過猶不及

—— 多餘與殘缺

孔夫子說："過猶不及"，意思是"過分"跟"不及"一樣是不好的。在句子結構中，也存在着"多餘"（"過"）和"殘缺"（"不及"）的問題。

〔1〕**多餘**：語義相同的詞語不必要地重複出現，造成累贅。例如：

(1) 到目前為止的三年多以來，他堅持天天早上鍛煉半個小時。

(2) 為了精簡字數，我們不得不略加刪節一些。

(3) 其理由是作者肯定了我的拙文。

(4) 周成講了許多使農民儘快富裕起來的一些具體政策。

第(1)句既然已經明確是"三年多以來"，那麼"到目前為止的"這一定語就顯得沒有必要了。第(2)句"略加刪節"本意就是刪節很少，後面再來一個"一些"，就多餘了。第(3)句"拙文"是自稱的謙詞，就不必再說"我的"了。第(4)句"許多"和"一些"前後重複，可刪掉一個。

〔2〕**殘缺**：由於不適當的省略或前後沒照應而造成句子結構不完整。例如：

(1) 聽了哥哥一番熱情洋溢的話，使他感到勇氣倍增。

(2) 觀摩演出期間還舉行學術討論會，探討發展曲藝創作和表演。

(3)他的論文受到了與會科學家的高度重視，給予了很高的
　　評價。

(4)手藝高超的張小泉從皖南遷來杭州，在大井巷口大剪刀
　　胡同，他的剪刀鋒利耐用，與眾不同。

　　第(1)句是濫用了使動，造成主語殘缺，可以刪去“聽了”，或
者刪去“使”。第(2)句動詞“探討”的對象不明，這屬於賓語的中心
語殘缺，可以在最後添上“的規律”。第(3)句的後一句已經改換了主
語，因此，應該加上主語“他們”。第(4)句是謂語殘缺，應改為“在
大井巷口大剪刀胡同落戶”。

四、“向你們出口”還是“向你們進口”？
—— 虛詞錯誤

　　新華社曾經發表過這麼一條消息：“年逾八十的博覽會主席參觀
後說：‘看來今後不僅要研究向你們出口，而且要研究向你們進口。’”

　　在與“出口”組合時，介詞“向”表示“往”的意思；在與“進
口”組合時，則表示“從”的意思。所以，“向東北調撥物資”是歧
義，有兩種理解。但是，在一段話裏，不能同時既表示“往”，又表
示“從”，因此，後一句應改為“而且要研究從你們那兒進口”。這說
明，虛詞的準確運用是十分重要的。

　　虛詞，因為它並不表示具體的意義，只是在句法結構中起某種
作用，所以，一不小心，就容易出差錯。例如：

(1)祥林嫂雖是年輕少婦，但她也應該是美的。

(2)這座縣城對他是陌生的，沒一個熟人，也沒一個落腳的地方。

(3)不管天皇老子犯了法，我們也要依法懲辦。

(4)從雲龍山北望，不遠處有一個高聳的土山，這便是被項羽尊為亞父的范增墓。

第(1)句前後兩個分句之間沒有轉折的意思，所以，不能濫用連詞"雖…但…"，應刪去。第(2)句問題是"誰對誰"，介詞"對"的對象搞錯了，應改為"他對這座縣城是陌生的"，或者改為"這座縣城對他來説是陌生的"。第(3)句"不管"後面的詞語必須是個選擇性的並列短語，或者有疑問代詞出現，可改為"不管天皇老子還是皇親國戚犯了法"，或者"不管甚麼人犯了法"，或者改換關聯詞語，改為"哪怕天皇老子犯了法"。第(4)句的最後"范增墓"容易被誤解為一個名字，應該在中間加上一個助詞"的"，成為"范增的墓"。

五、"比去年少了三倍"對嗎？
—— 數量與指代混亂

我們經常在報紙上看到這樣一種説法："比去年少了三倍"，"跟上月相比，交通事故降低了二倍"。實際上，這是一種錯誤的表述方式。在數量表述上，應當注意以下幾點：

〔1〕**倍數的表達：**

一是倍數只能指數量增加的情況，而不能指數量減少的情況。例如：

(1) 按科學方法養豬，育肥一頭豬，時間縮短一半，飼料成本就減少一倍。

(2) 製作這些標本可不容易，不能傷着昆蟲身上比頭髮絲還細好多倍的毛。

第(1)句應該改為"飼料成本減少一半"。第(2)句應該改為"比頭髮絲還細得多的毛"。

二是倍數在表達時，"增加了幾倍"與"增加為幾倍"兩種說法是有區別的。例如：

(1) 我們工廠的產值從四千萬提高到了一億二千萬，整整翻了兩番。

(2) 化工廠去年的利潤是二百萬，今年是四百萬，增加了兩倍。

第(1)句如果說"翻了兩番"，那就應該是"一億六千萬"，所以要改為"是去年的三倍"，或"翻了一番半"。第(2)句說"增加了幾倍"，在計數時就應該把"四百萬"減去"二百萬"，然後再去除"二百萬"，所以，正確的說法應該是"增加了一倍"，或"是去年的兩倍"。

〔2〕**數量概念混亂**：

(1) 一數港幣整整五百多元，還有一本護照。

(2) 地毯的品種已經增加到六十三種以上。

(3) 當地工人的工資收入在三千元左右以上的，就算不錯了。

(4) 工廠定額每人每天要完成十個，小王身體不好，能超過
　　六個就不錯了。

　　第(1)句既然説“整整”，又説“五百多元”，豈非自相矛盾？應
改為“整整五百元”或“有五百多元”。第(2)句如果使用“以上”，一
般都要求是個整數作為界線，句中既然已經説明是“六十三”，就不
要用“以上”；要用“以上”，就改用“六十”。第(3)句用了“左右”，
表示是個約數，可能是三千多，也可能比三千少，再用“以上”，就
矛盾了。第(4)句是歧義的，可以理解為以零為基數，即小王沒有完
成任務，一共只完成了六、七個；也可以以定額十個為基數，即完
成十五、六個。按前一種意思，可改為“能完成六、七個就算不錯
了”，按後一種意思，可改為“能超過定額六個就算不錯了”。

　　數量之外，還有“指代”用法也常常犯錯誤。這主要是指代不
明。例如：

(1) 紅軍強行軍到了瀘定橋，橋東頭的守軍驚恐萬狀，他們
　　立即組織好隊伍，準備強奪瀘定橋。

(2) 那位瘦瘦的女看守説來也奇怪，她似乎聽這個女犯人的
　　話，她支使她，她差不多都能瞞過其他警衛和看守照着
　　去辦。

　　第(1)例的“他們”從句法結構上看，似乎應該是承指“守軍”，
但從語義上理解，卻應該是指“紅軍”；第(2)例的“她”一會兒指“女
看守”，一會兒又指“女犯人”，結果就混淆不清了。

六、"虎頭"豈能"蛇尾"？

—— 雜糅錯誤

一個句子中，"虎頭"卻配上"蛇尾"，這就是一種結構上的"雜糅"。

〔1〕某一種意思，可以分別採用兩種不同的結構來表示，而這個句子前面用了一種結構，後面卻採用了另一種結構，結果造成了"雜糅"。例如：

(1) 這個傢伙打着拍電視廣告為幌子，騙了不少善良而輕信的人們。

(2) 森木孝順長老由能勤法師導引下，進入大雄寶殿。

第(1)句要麼說"打着拍電視廣告的幌子"，要麼說"以拍電視廣告為幌子"，現在這麼說，顯然是把兩種格式混在一起了。第(2)句或者說"由能勤法師導引"，或者說"在能勤法師的導引下"，但不能說成"由……導引下"。這類格式還有：

(1) "深受……的歡迎"與"深為……所歡迎"兩種格式，混用為雜糅格式"深受……所歡迎"。

(2) "本着……的原則"與"以……為原則"兩種格式，混用為雜糅格式"本着……為原則"。

〔2〕由於句子比較長，前面使用了一種說法，到了後面，忘記了，又臨時換用了另外一種說法，結果就造成了雜糅格式。例如：

(3) 後來，他們查找到失主是房山縣一個拖拉機手丟失的。

(4)當上級決定把這一任務交給我們時，我們立刻就產生了一種非常光榮的感覺真是難以形容。

例(3)是"失主是……拖拉機手"與"東西是……丟失的"兩個句子雜糅在一起了；例(4)是"產生了……感覺"與"這種感覺真是難以形容"兩個句子雜糅在一起了。

〔3〕兩種自相矛盾的説法同時出現在一個句子裏面，也會造成"語義"上的雜糅。例如：

(1)《漢語大詞典》經過近四百多位專家同心協力，終於大功告成。

(2)當小號吹起這首大家非常熟悉的曲調時，全場都情不自禁地隨着歌唱家的要求唱起歌來了。

第(1)例"近四百位"與"四百多位"兩種説法是不能同時使用的；第(2)例既然説是"情不自禁"，怎麼能再説"隨着歌唱家的要求"呢？

另外，語序也是個大問題，應該是"虎頭"在前，"虎尾"在後，搞顛倒了，就是語病。例如：

(1)戰爭給人們帶來的創傷，是難以一時彌合的。

(2)墓的總體積比先秦所見最大的國王墓 —— 河南安陽侯家莊商王陵大五十倍以上。

第(1)例是狀語的語序不對，應改為"一時難以彌合"；第(2)例定語"先秦所見"會引起誤解，似乎是這個墓在先秦時已經被挖掘過了，應改為“比我們所見最大的先秦墓……”。

　　正確的規則總是有限的，而錯誤的類型卻可能是無限的，從這個意義上講，我們的學習主要是掌握正確的語法規律，但是，經典的錯誤也會給我們以深刻的教訓與啟發。因此，我們沒有任何理由輕視病句的辨認與修改。

後　記

　　上世紀 90 年代中期，我當時還在華東師範大學中文系任教。一天，我的師弟、香港商務印書館總編輯王濤先生專程到我家裏來商談，他希望我編寫一本普及型的漢語語法書稿，為繁榮香港的語文生活做一點貢獻。我一口應承了，這就是後來在香港出版的《漢語語法淺說》，而且也是從這本小冊子開始，我跟香港結下了不解之緣。

　　雖說這只是一本小冊子，不過香港的編輯思想比較活躍，封面不僅是彩色的，而且從書稿中摘取了一段有趣的對話，顯得很吸引人。據說當年該書賣得不錯，很快就添印多次。一晃十年過去了，我就對原書稿進行了重大的補充和修訂，並且改名為《漢語語法趣說》，以更為凸顯本書的目標是"有趣、有用"。這次修訂，心裏比較有譜，因為我主編的國家級十一五規劃教材《現代漢語通論》，語法部分主要就是我執筆的，加上這些年一直從事語法研究和語法教學，積累了比較多的實例和經驗。

　　雖說是普及型讀物，但是，我們採取的基本觀點、理論框架和學習方法，都是比較正宗的，相當主流的。也許個別地方會有一些不同的見解，那也是完全可以理解的。這絕不會妨礙你對具體漢語語言事實的分析和理解。我歷來主張，專業研究人員應該關心普及工作，關心語言應用。這樣才能回報社會，也才能得到社會的理解和支援。

　　跟原書稿相比較，大約增加了四分之一的篇幅，修改了五分之一的內容。字數也從原先的 6 萬多，擴容為 9 萬左右。當然，學無止境，寫也無止境。有些章節，也許還可以寫得更有趣些，更方便閱讀一些。我真誠地希望廣大讀者提出寶貴的意見。

　　唐代的劉禹錫有首膾炙人口的詩："朱雀橋邊野草花，烏衣巷口夕陽斜。舊時王謝堂前燕，飛入尋常百姓家。"我期盼着這本小書也像那隻小燕子一樣"飛入尋常百姓家"，在每個讀者心裏，喚醒美好的漢語語感。

邵敬敏　暨南大學明湖苑

2012 年 5 月 1 日

商務印書館 📖 讀者回饋咭

請詳細填寫下列各項資料，傳真至2565 1113，以便寄上本館門市優惠券，憑券前往商務印書館本港各大門市購書，可獲折扣優惠。

所購本館出版之書籍：＿＿＿＿＿＿＿＿＿＿＿＿＿＿＿＿＿＿＿＿＿＿＿＿＿

購書地點：＿＿＿＿＿＿＿＿＿＿＿＿＿　姓名：＿＿＿＿＿＿＿＿＿＿＿＿＿

通訊地址：＿＿＿＿＿＿＿＿＿＿＿＿＿＿＿＿＿＿＿＿＿＿＿＿＿＿＿＿＿＿

電話：＿＿＿＿＿＿＿＿＿＿＿＿＿＿　傳真：＿＿＿＿＿＿＿＿＿＿＿＿＿＿

電郵：＿＿＿＿＿＿＿＿＿＿＿＿＿＿＿＿＿＿＿＿＿＿＿＿＿＿＿＿＿＿＿＿

您是否想透過電郵或傳真收到商務新書資訊？　1□是　2□否

性別：1□男　2□女

出生年份：＿＿＿＿＿年

學歷：1□小學或以下　2□中學　3□預科　4□大專　5□研究院

每月家庭總收入：1□HK\$6,000以下　2□HK\$6,000-9,999
　　　　　　　　3□HK\$10,000-14,999　4□HK\$15,000-24,999
　　　　　　　　5□HK\$25,000-34,999　6□HK\$35,000或以上

子女人數（只適用於有子女人士）　1□1-2個　2□3-4個　3□5個以上

子女年齡（可多於一個選擇）　1□12歲以下　2□12-17歲　3□18歲以上

職業：1□僱主　2□經理級　3□專業人士　4□白領　5□藍領　6□教師　7□學生
　　　8□主婦　9□其他

最多前往的書店：＿＿＿＿＿＿＿＿＿＿＿＿＿＿＿＿＿＿＿＿＿＿＿＿＿＿＿

每月往書店次數：1□1次或以下　2□2-4次　3□5-7次　4□8次或以上

每月購書量：1□1本或以下　2□2-4本　3□5-7本　2□8本或以上

每月購書消費：1□HK\$50以下　2□HK\$50-199　3□HK\$200-499　4□HK\$500-999
　　　　　　　5□HK\$1,000或以上

您從哪裏得知本書：1□書店　2□報章或雜誌廣告　3□電台　4□電視　5□書評/書介
　　　　　　　　6□親友介紹　7□商務文化網站　8□其他(請註明：＿＿＿＿＿＿＿)

您對本書內容的意見：＿＿＿＿＿＿＿＿＿＿＿＿＿＿＿＿＿＿＿＿＿＿＿＿＿
＿＿＿＿＿＿＿＿＿＿＿＿＿＿＿＿＿＿＿＿＿＿＿＿＿＿＿＿＿＿＿＿＿＿＿

您有否進行過網上購書？　1□有　2□否

您有否瀏覽過商務出版網(網址：http://www.commercialpress.com.hk)？1□有　2□否

您希望本公司能加強出版的書籍：1□辭書　2□外語書籍　3□文學/語言　4□歷史文化
　　　　5□自然科學　6□社會科學　7□醫學衛生　8□財經書籍　9□管理書籍
　　　　10□兒童書籍　11□流行書　12□其他(請註明：＿＿＿＿＿＿＿＿＿＿＿)

根據個人資料「私隱」條例，讀者有權查閱及更改其個人資料。讀者如須查閱或更改其個人資料，請來函本館，信封上請註明「讀者回饋咭-更改個人資料」

香港筲箕灣
耀興道3號
東滙廣場8樓
商務印書館（香港）有限公司
顧客服務部收